シニアの性

実録・高齢者を色気で喰いものにした3人の美魔女

鎌田一郎・著

高齢者を色気で喰いものにした3人の美魔女

――シニアの性・実録――

鎌田一郎

◎目次

はじめに

私は現在75歳。極めて元気な老人です。しかし、自分が高齢者だとか、老人であると思ったことなど一度もありません。セックスにおいてもまだまだ若い連中より元気で、週に2～3回は当たり前です。電車に乗っている時、若い者から席を譲られると、感謝するどころか思わず「ムッ」として、そんな年寄りに見られてしまったのか?とショックを受けてしまうほどです。

そんな私は、学生時代に塾を2ヶ所開設し、月に延べ約300人ほどの児童生徒に勉強を教えていました。塾の先生はアルバイトの大学生、大学の講師や教授などで、小学生、中学生、高校生などが対象でした。父親も兄も高校の教師でしたので、私は家庭教師のアルバイトか、塾の先生として教えることしか知りませんでした。私は大学を卒業すると同時に、カナダの大学に2年間留学し、帰国後はカナダ系列の商社に就職しましたが、10年後には再び家族を伴って、米国に移住しました。しかし、3年後には仕事の関係で、私だけが帰国したため、それから10年間は米国の家族と別れて別居生活をしておりました。

10年間の別居生活の中で一人暮らしを続けておりましたが、自分が経営しているいくつかの会社は、全て女性従業員ばかりでしたので、一緒に夜、食事をしたり、私の出張先に一緒に出掛ける機会も多くなりました。

一方、米国に住んでいる妻もときどきゴルフなどに出かけてゴルフ場で知り合う男性も多く、たまたまある男性と関係を持ってしまったようです。それを風の便りに耳にした私は、妻に離婚を申し出たところ、一つ返事でＯＫということになったのです。独り身になった私のことを社内の噂で知るや、複数の女性社員からアプローチのかかることが多くなり、私は毎日が夢のようでした。

しかし、それが私にとって人生の後半に大きな悲劇と禍根を残すことになってしまったのです。

私が50歳から今日の75歳になるまでの25年間は、仕事上において人生で最も充実した期間であり、体調も若い頃に増して絶好調になっています。そして、その間に関わった女性は約５人。そのうちの３名はいずれも3年から6年位の付き合いです。彼らの年齢はそれぞれ、当時、28歳から40歳で、いずれも結婚を前提とはしない条件付きでのお付き合いでしたが、最終的に私は完全に喰いものにされ、巧みに利用されただけでした。

それを１人でも多くの紳士諸氏に教訓として活かしていただければと思い、ここに記したものです。

著者　鎌田一郎（かまた　いちろう）

第1部

第一章

美魔女との出会い（千鶴子の巻）

2000年の師走も押し詰まったある夜、私はいつもの通い慣れた新宿は歌舞伎町のクラブに顔を出した。

2週間ぶりに行ったこの店に、今まで見たこともない新人のホステスが私の席に着いた。一見、素人っぽい感じの綺麗なこのホステスに私は一瞬魅かれた。「あなたはこの店にはいつから?」と尋ねたところ、「10日ほど前からです」と応えた。「タバコは吸うの?」「いいえ、私は吸いません」と応え、「お客様は?」と聞かれたので、「私も吸いません」と応えた。お互いにタバコを吸わないというだけで不思議と気が合うものである。歳は30代半ばくらいと思える彼女に「この商売は長いの?」と尋ねた。「いえ、この店が初めてです」と応えた。そんな彼女に私は何となく親近感を抱き、「ここに来る前は何をしていたの?」と訊くと、「主婦です」と応えた。「えっ、主婦? それじゃ、結婚しているの?」「まだ籍は入っているんですけど、主人から逃げてきたんです。実は主人と二人でアメリカのハワイ、そしてカリフォルニアに旅行中だったんですけど主人のいない留守にホテルからこっそり逃げ出し、日本に一人で帰ってきてしまったんです」という。

私はこの話にすっかり興味を持ち、さらに「どうしてまた?」と訊くと、「主人には奥さんがいたんです」「? どういう意味ですか?」「つまり重婚だったんです」「えっ、そりゃひどい! でも入籍したんでしょ?」はい、入籍はしたんですが、主人が本籍を移して新しい戸籍を作り、私はそこに入籍させられたんです」「そりゃひどい!」今どきそんなことがあるのかと思うと同時に、彼女に同情を寄せてしまったのである。「しかし前の奥さんには、子どもも一人いることが判ったんです」「じゃ、どうしてアメリカなどに旅行したの?」「主人は有名なレストランチェーンを経営しているオーナーなんです。それで私にハワイかカリフォルニアのどこかにレストランを開設して、新しい店を私にやらせようとしたんです。でも、とてもじゃないが、私には海外でレストランを経営する気持ちなどないので、主人が外出している時にホテルからそっと逃げ出してしまったんです」というのだった。

そこで私は、「ご主人に奥さんがいることはいつ判ったの?」と尋ねたところ、「最近です」「じゃ、奥さんがいることを知っていながら、アメリカまで行ったわけ?」「そうなんですけど……自分の気持ちがまだ決まらないまま、アメリカまでついて行ってしまったんです。でもやっぱり、自分には無理だと思ったら、急に日本に帰りたくなって――それに重婚させられて2番目の妻になるなんて嫌だと思ったの」こんな話をクラブの席で、ホステスから聞かされるとは私は夢にも思わなかった。

それにしても、随分ひどい話だと思い、もっと色々と訊こうと思ったが、この夜はこれくらいにして、次回、もう少し詳しく聞くことにして帰ったのである。彼女の名前は千鶴子といい、歳も思った通り35歳であった。帰り際に「来週は君と同伴出勤してあげようか」と約束して別れたのである。

翌週の某日、私は夕方の5時半ごろ待ち合わせ、新宿の小料理屋で一緒に食事をしたのである。そこでさらに詳しいことを聞き出したのだ。

千鶴子の話によると、とに角、急遽日本に一旦かえって、自宅にある身の回りの品々を全部取りまとめて、とり敢えずお姉さんのマンションに預け、自立するためにクラブホステスとして生まれて初めて水商売の世界に入ったということであった。千鶴子の話によると実家は江東区にあり、そこには両親がいるが、今更そこに世話になるのもどうかと思い、同じクラブホステスとして働いている姉の家で暫く世話になることにしたらしい。姉は新宿の某クラブのナンバーワンホステスとして、かなりの稼ぎがあるらしい。自分も頑張って、早くマンションを借りられるようにしたいとのことであった。お姉さんは既に離婚しており、21歳になる息子もおり、自立しているので、彼女は一人暮らししているらしいが、既婚者の彼氏はいるようだ。

妹も既に結婚して2人の子どもに恵まれ、豊かではないが、それなりに地味で幸せな家庭を作って安定した生活をしているとの話であった。千鶴子は3人姉妹の次女であるが、長女は19歳で結婚をして、20歳で子どもを産み、親元を離れていったようである。従って、親からしてみれば、次女の千鶴子が長女代わりで、将来は親の面倒をみなければならないという話であった。

千鶴子は今さら子どもを産む気もないし、もう結婚はしないと決めていたようだ。私は彼女の話にすっかり同情し、何か役に立つことはないか、いろいろと話し合ったのである。

千鶴子は高校を卒業してからは特殊な機械の設計士として働いていたという――しかし、普通高校を卒業していきなり設計士になるのも変だな？と思いつつも敢えて深く追求はせず、「その後は？」と質問したところ、自分で設計事務所を設立して社長として働いている頃に今の主人と知り合い結婚したということであった。だから自分は会社の経営とか経理関係には詳しいです、と自信ありげに話すのだった。

（あとで判ったことであるが、彼女は特殊機械の設計士ではなく、設計士が描いた設計図を奇麗に描きなおすトレーサーであること、また、設計事務所を経営したのではなく、何人かのトレーサーを雇って行うトレーシング専門の事務所であることが判明したのである。この女は少々ハッタリ屋だな？と、この時思ったものである）

それでも千鶴子と何回か会っているうちに、この女は私の手足として役に立つかもしれないと思うようになった。年が明けて初めて会った夜も同伴してお店に通ったが、「私は自分が新たに経営しようとしている新会社の一つを任せてみようと思い、その旨を伝えたところ、大変歓んでくれたので、「近いうちに一緒に温泉にでも行って色々と話し合おう」と誘ったところ、一つ返事でＯＫとなり、一週間後にはそのクラブを辞めてしまったのである。そして彼女は、自分のお姉さんにも一度会ってほしいというので、早速、同じ新宿の別のクラブで働いている姉の店に顔を出したのである。

この店は、今まで千鶴子が働いていた店より遥かに高級なクラブで、美人ホステスも多いが、お姉さんはその中でも、とびきりの美人であった。千鶴子は私をお姉さんに紹介して、それなりに了承を取り付け、これからもこの店の客として扱ってもらおうとしたのである。

私はその当時、健康食品の輸入、製造および卸販売を手掛け、そこそこの実績を上げていたのである。中でも私自身が開発した特殊な栄養補助食品が、米国の大学をはじめ、国内の大学による臨床試験でも高い評価を得ていたのである。そして新たに、この栄養補助食品を中心としたヘルスセンターを起ち上げる計画を準備中であり、この新会社の社長に千鶴子を迎え入れようとしたのだ。

ところで彼女がこの企画に夢中になった理由は、半年も前から生理が止まったままでいたのだが、私が開発したサプリメントを摂ったところ、たちまち生理が始まったので、すっかり感激し、このサプリの虜になってしまったのである。女性の生理が止まってしまうのは、ほとんどが激しいストレスを受け、ホルモンの分泌調整ができなくなってしまったからである。私が開発したこのサプリによって流産ばかり繰り返している女性の流産がピタリと止まったり、不妊の女性がたちまち妊娠するなど、よくあるケースであった。

私と千鶴子は1月の中旬に、山梨県は河口湖畔にある温泉に行くことになったのである。これは私たちにとって初めての夜になるのだが、彼女は事前に自分の性的な特殊反応について、理解を求めてきたのである。

「先にお断りしておきますが、私とセックスを始めると、間もなく私は快感のために一瞬呼吸が止まり、約1分間ほど意識を失ってしまうの！　そんな時は慌てないで私の背中をポン！と叩いてください。そうすれば私は意識を取り戻し、再び呼吸ができるようになります。そのまま放っておかれると危ないので、必ず1分以内に背中を叩いてくださいね！」と言われ、暫くは唖然として次の言葉すら出てこなかった。

呼吸が止まり、意識がなくなるほどの絶頂感に陥るとは驚くと同時に羨ましいというか、あまりにも不思議な性的反応に言葉を失ってしまったのである。こんな話は今までに聞いたことはあるが、本当にそんなことがあるのか、しかも、その相手が私の目の前にいるではないか。温泉に向かう車の中で、予めこんな話をされるとドキドキしてしまう。

温泉に着いて部屋付きの露天風呂に一緒に入りながら千鶴子の体に触れると、極端な反応を示し、「こんなお風呂の中では、いたずらしないで！　お願い！　あとでゆっくりね」と言われてしまった。

湯上りの後、美味しい料理に舌鼓を打ち、一休みしていると仲居さんがふとんを敷かせてくださいと来られたので、年甲斐もなく私の気持ちはさらに高ぶるのだった。

私と千鶴子は暗黙の了解のもとに下着は何もつけず浴衣のまま布団に入ったのである。私はそっと彼女の浴衣の胸もとの中に手を差し入れた。驚いたことに彼女のオッパイはほとんどないも同然の貧乳だったのだ。一緒にお風呂に入っていたときは他のことで頭がいっぱいで気づかなかったのだが、実際に触ってみると乳首しかないように思えた。「驚いたでしょう！　私、オッパイがないの」と言う。私は答えに窮した。そして千鶴子は私に向かって「あなたの胸の方が大きいわ！」と言う。

確かに私の胸のほうが大きいと思った。私は思わず、「オッパイなんて関係ないよと嘘ぶいた。そして手を下半身に移すと、すでにパンティは穿いておらず、直接触れることができたのだ。陰毛は薄く、指をあてるとかなり濡れており、興奮しているのがよくわかる。私は自分も浴衣を脱ぎ、彼女の浴衣も脱がした。そしてキッスをすると、彼女は私にしがみついてきた。私は乳首に舌を這わせ、徐々に下半身にも――すると千鶴子は急に起き上がり、私の上に乗って、下半身にむしゃぶりついてきたのだ。私もそれに呼応して彼女の陰部に舌を這わせた。すると彼女は「ダメ！　そんなことをしたら、イッてしまう」と叫んだのである。

あまりの敏感さに驚き、思わず彼女から離れたのである。そして彼女は「私は3ヶ月ぶりなの！」と言う。

私は気持ちをとり直して、こんどはゆっくりと彼女の中に――。ところが、僅か3回か4回ほど腰をふっただけで、千鶴子は何も言わずに意識を失ってしまったのだ。呼吸も止まっている。私は慌てて彼女の背中をポンと叩いたら、息を吹き返したのである。私は初めての体験に一瞬興奮から覚めてしまった。「分かった？　私すぐにイッちゃうの！」と言って、私の顔を見つめるのだった。何ということだ。これでは私自身が快感を味わう余裕がないではないか。いくらなんでも早すぎる。

しばらくして、私は再挑戦を試みた。こんどはゆっくりと腰を動かした。でもこのままでは自分のほうが満足できそうもないので、少し早く、また、ゆっくり、を繰り返したのだが、やはり彼女はまたも意識を失ってしまったのだ。彼女が意識を失っている間に少し腰を使ってみたが、反応がないので面白くもないし、快感もない。それでも４回目ぐらいのときに、漸く私もイクことができたのである。あとで判ったことであるが、この仮死状態を「小死」というらしい。

快感には、急激に「ワァッ」と押し寄せてくるものと、緩やかに「ジワー」とこみ上げてくるものとがある。前者はセックスのときの男性のオーガズムのようなものであり、後者は女性のそれである。「小死」とはセックスの際、女性が極度のエクスタシーに達した時に起こす現象で、一瞬呼吸が停まり失神状態になることをいうらしい。人によって違うが、２、30秒から長いときは1分近くも呼吸が停まって何の反応も示さない。こんなときは慌てずに背中をポンと叩いてあげれば息を吹き返す。

もっとも、こんなことは何万人に1人だというが、男性には決して起きることはなく、こうした女性はまさに至福の快感を味わっていることになるのだろう。

『解説』

「小死」とはフランス語(la petite mort)といって、哲学的にはセックスのことを「小さな死」という。一般的にはセックスの後に訪れる「深くて短い眠り」という説と、もう一つは「女性は受胎するためにオーガズムの時間をより長く持続させ、男性のそれは、いつ敵が襲ってくるかもしれないので、自らの身を守るために短くしてある」という説に、「単なるオーガズム」という説があるらしい。

急激に押し寄せる快感により、交感神経が優位になり、人によっては毛が逆立ち顔面が蒼白になり、脈拍が早くなり、呼吸も苦しく、血圧も上がる。この快感が連続して交感神経の興奮による刺激が襲ってくると、人間は息苦しくなり最後は死んでしまうこともあるという。

一方、ゆるやかにこみ上げてくる快感は、副交感神経の働きを受け、ストレスを解消し、落ち着きや安らぎが訪れる。「小死」する女性と出会うことなど男性にとってまず一生涯に一度もないのが普通である。私にとって、これはある意味でラッキーな巡りあわせといえるのかもしれない。

●第二章●

社長に就任させた美魔女

温泉旅行から帰って、私と千鶴子は新しく起ち上げる予定の栄養補助食品によるヘルスセンターの開設準備に忙しい日々を送るようになった。精神障害は日本の「五大生活習慣病」の一つにまでなり、しかも年々増え続けるのみであり、抗精神薬ではほとんど治らないというところから、患者の話をよく聞き、適切な栄養指導を行い、必要に応じて必要なサプリメントを摂ることを指導するカウンセリング専門のメンタルヘルスセンターを起ち上げることにしたのである。

カウンセリングは、ほとんどが管理栄養士や予防医学指導士、代替医療カウンセラーである。患者の声が外に漏れないようなカウンセリングルームを5部屋ほど設置し、60分から2時間位、患者の話をよく聞き、適切なアドバイスをするのが仕事である。私は千鶴子をこのメンタルヘルスセンターの社長（所長）に任命したのである。このとき採用した社員は全て女性で、年齢も20代から50代まで幅広く、栄養補助食品に関する厳しい特別訓練に合格したものだけで構成されている。千鶴子は35歳であるが、年上の社員に対しても命令口調で厳しい注文をつけるなどして、あまり評判は良くなかった。千鶴子の初任給は35万円、その他に私からの個人的な特別手当てが毎月30万円。合計65万円の月収である。35歳の女性としてはかなり高額の収入のはずである。それでも千鶴子はまだ十分な収入ではないと思っていたようだ。

私はその当時、栄養補助食品の輸入、製造および卸販売や通信販売を手掛け、そこその売り上げ実績を誇っていた。中でも私が開発したＬＬＰというサプリは日本のいくつかの大学の臨床試験においても、また米国の有名大学における臨床試験においても突出した好成績をあげており、関係者からも消費者からも大いに期待されているサプリであった。２月に入って間もなく、私と千鶴子は新会社が企画中のメンタルヘルスセンター設立の具体的な打ち合わせを開始した。千鶴子の発想はなかなかユニークでセンターの設計についても細心の注意を払った提案が私を驚かせたものである。

私は彼女の企画力や経営感覚に魅せられ、まずは一安心したものである。春になって間もなく、彼女は姉から独立して自分が住めるマンションが欲しいというので、会社の近くにある家賃が25万円のマンションを借りてあげたのである。月収65万円にプラス25万円の家賃も私が負担したので、彼女の実収入は月90万円にもなったのと同じである。今まで夫から逃げ、姉の部屋に居候していたので自分の部屋が欲しいのは当然のことである。それに部屋を借りてあげれば、私も彼女の部屋に自由に出入りができるので一石二鳥である。しかし、家財道具など何一つなかったので、私はベッドからタンス、冷蔵庫、洗濯機、ソファや家財道具など生活に必要な鍋、釜から台所用品まで全て揃えてあげなければならなかったのである。

それから間もなく、千鶴子は弁護士を通じて二重結婚から解放されるための法的手続きを行った結果、慰謝料を５００万円受け取り正式に独身《ひとりみ》となったのである。
私は週1〜2回、彼女の部屋に通っては一緒に食事をしたり、愛の交歓をしたのである。

その年の5月頃から私と彼女は時々ゴルフにも行くことになったので、ゴルフ道具一式、靴、洋服、帽子等をひと通りのものは揃えてあげたのである。7月のある日、軽井沢でゴルフ中に彼女は突然体調を崩し、ゴルフを中断してしまったのである。呼吸が苦しく、歩くのさえ困難な状態であった。そこで、一旦東京に戻り、2、3日したら、体調はある程度戻ってきたのだが、本人の意向により出勤時間は当分午後の2時頃からにしてほしいと言われた。随分贅沢な言い分ではあるが、私はその我が儘を聞き入れてあげたのである。

メンタルヘルスセンターの方も順調であることから、私はこの我儘を聞き入れてあげたものの、社員からの嫉妬や不平不満は日に日につのるばかりであった。それから間もなくして32歳になったばかりの私の息子が米国で働いていたシリコンバレーでの仕事を辞め、私のグループ会社の後継者となるために日本に帰国したのである。彼は当時、幼稚園の頃から私と一緒に米国に移住しており、米国の一流大学を卒業してシリコンバレーで働いていたのである。しかし、米国での生活が長いため、日本語は話すことはできるものの、読み書きはほとんど不得手である。

それでも私はその当時すでに65歳を超えており、グループ会社も5つほどに増えていたため、何とか息子を後継者として育てたかったので、日本に呼び寄せたのだった。

しかし、シリコンバレーでのコンピュータの仕事と、私の健康関連の仕事とは、なかなか噛み合う部分がなく、息子は孤立した状態にあり、女社長との関係も何となくギクシャクしてなかなかうまくいかなかった。そんなとき、たまたま、ビジネスで韓国に行く用事ができてしまったので、私は千鶴子を連れてソウルに渡ったのである。

その頃、私が親しくしていた在日韓国人の大学教授からソウルにある某有名大学の医学部の教授を紹介されたので、そこで千鶴子の体調不良の原因を診てもらうことになったのである。その結果は初期の肺ガンの可能性があるというものだった。驚いた私たちは早々に帰国して、こんどは東京のS国際病院のガン科に行き、精密検査をしてもらったのである。再検査の結果は肺ガンではなく、「非定型抗酸菌症」ではないかとの診断が下されたのである。

この病気は、どちらかというとガン科ではなく、皮膚科に属する病気で、少々厄介な病気でもあるとのことであった。しかし、千鶴子はこれを肺ガンだと家族や社員にまで言いふらして譲らないのである。その方が我儘が言えるし、同情してもらえると思って飽くまでもそのように主張し続けていたようだ。しかし私の診たては肺ガンでもなく、非定型抗酸菌症でもなく、肺の表面の肺胞がいくつか破れて、ときどき呼吸困難に陥っただけのことではないかと診たてたのである。たまたま私の友人が千鶴子と同じような症状になり、３週間ほど入院したものの、原因も分からず、治癒しなかったときに、私が開発したＬＬＰを飲ませたところ、たちまち回復したことを思い出したのである。

肺の表面が乾いて肺胞が破れる病気なら肺の表面をウエッター状態にしたら肺胞は破れなくなり呼吸も楽になるのではないかと考えたのである。私はそこで、千鶴子にＬＬＰを大量に摂取させたところ、日に日に改善していくのだった。それでも千鶴子は自分が飽くまでも肺ガンであることを主張し続け、２時出勤から３時出勤になったり、しまいには週３日だけの出勤にさせてほしいと言い出す始末である。そして、誰に対しても「私は肺ガンだ、肺ガンの初期だ」と言い続けていたのである。その頃から、私の息子が彼女に同情して、「もっと休みを与えるべきではないか」と言い始めたのである。

千鶴子は私の息子の教育係として、経営者として帝王学を教えてやるのだと偉そうに息巻いていた。そして、何かにつけてこっそり２人で会っていたようである。私の息子は私と千鶴子が男と女の関係にあるなどとは思いもしなかったのか、「彼女は仕事ができる、頭が良い、経営能力が凄い、他の会社からも高い給料でスカウトしたいという声が随分あるようだ」と、何かにつけて私に言うようになった。

韓国から帰って、２ヶ月ほどした頃、今度は台湾へ出張しなければならない仕事が舞い込んできた。私は息子の英語力を活かす機会でもあると思い、千鶴子と息子の3人で台湾に渡ったのである。ただし、私と千鶴子との関係が息子に知られては困るので、３人とも別々の部屋を予約し、夜、10時頃になると千鶴子が私の部屋に来て、朝まで一緒に過ごし、朝になったら自分の部屋に戻るようにしたのである。

２泊３日の予定で仕事を終え、日本に帰ろうとしたところ、千鶴子が私の息子の要請で「行きたいところがあるので、私の息子ともう一晩、台湾に泊まりたい」ので私には先に帰ってほしいというのである。まさか「親子どんぶり」になるとは夢にも思わなかったので、私は先に帰ったのであるが、実は息子と千鶴子は既に深い関係にあることを後で知ったのである。

息子と千鶴子が帰国して数日後、今度はアメリカに行かなければならないビジネスの話が入ってきたので、私は息子に米国への出張を命じたところ、息子はどうしても勉強のために千鶴子を連れて行きたいので、認めてほしいというのだった。私はこの時も疑いもせず２人の米国出張を認めてしまったのだ。

このふしだらな関係が判ったのは、それからまだ1年も後だったのである。何も知らない私は千鶴子が私の後継者となる息子を意識的に大切に扱っているのだと思いこんでいたのであった。

千鶴子が社長になってから会社の売り上げが伸びていたので、私は何の疑いもなんく、２人の言い分をいとも簡単に認めてしまったのである。

でも実際のところ、千鶴子の経営能力や努力によって売り上げが伸びたのではなく、取引先の会社が頑張って売り上げを伸ばし、我々はただその恩恵に預かっていただけのことであり、こちらは特に何もせず、ただ商品を卸していただけのことである。敢えて言うなら、その会社のために私が何度も講演し、セミナーで教育したことが実績となって返ってきたのである。

千鶴子はそれを良いことに、オーナーの私には何の相談もなく、自分の男友達や知り合いに対し、夜な夜な接待をしたり、ネクタイやタイピン、カフスボタン、洋酒などを贈ったりしていたようである。しかも、当社の営業としてではなく、男友達や、知人に対して、いい顔をしていただけであることも後で判明したのである。

そして、千鶴子は何かにつけ私に対して「先生はこのグループのオーナーで、絶対的な存在であり、いちいち細かなことは指図せず、どーんと構えていてください。あとは私が全てを仕切りますから」と言われてしまった。最初は「なかなかいいことを言うではないか」と思ったりしたのだが、結局は千鶴子自身がすべてを牛耳り、私のグループ会社を自分の思い通りにしたかっただけのことである。あとで考えると、頭の良い、悪知恵の働く彼女らしい発想であったのだ。

私を雲の上に担ぎ上げ、息子を自分の思い通りにコントロールすれば、将来的にこのグループ会社を自分のものとして、自由にコントロールできると企んだのだ。私はその頃から約1年間、ほとんど直接的に社員と会話をする機会すらなくなり、何となく淋しさを感じ、手持ちぶさたの自分が少し惨めに思うようになった。

その一方、私と千鶴子が２人だけで街に出たり、出張するときなどは、いつも腕を組んだり、人前でも平然とチューをするのだ。

しかも、自分の女友だちに対しては、「私のダーリンってとても素敵なの！」と自慢していたようだ。女友だちだけではなく、実のお姉さんや妹、両親にまで自慢していたようだ。私も両親やお姉さん、妹たちとも時々会う機会が増え、一緒に食事などをするようになった。

千鶴子の父親は建具屋だが年を取ったせいもあり、あまり仕事もこなくなったので何とかしないと——などと言っていたので、それじゃ来年あたりから、うちの会社の商品の荷造りや出荷の手伝いでもしてもらおうか」と言ったところ、大変歓んだのだ。その上、「父親の車がもう古くなって、あまり調子も良くないので、買い換えてあげないと」というので、「お父さんがうちで働くことが前提なら、会社で車を購入してあげよう」ということにもなり、早速、買い与えたのである。私はこのように、千鶴子の言うことは何でも一つ返事でＯＫを出してしまった。自分でも人が良過ぎるとは分かっていたが、呆れるほど彼女の言いなりになっていたのである。

その上、千鶴子は、「私は、もう2度と結婚する気はないので、生涯、先生の彼女として可愛がってください」と言う。彼女の父親は私より5つも若いのに、私が面倒をみるのには少しばかり抵抗があったが、なぜか断りきれない自分に呆れるばかりであった。今考えると、こうした私の甘い考えが結局は千鶴子の暴走を招いてしまったようである。

第1部

●第三章●

奔放な性戯に溺れる美魔女

私の全国各地での出張要請に千鶴子は必ずついてきた。沖縄から北海道まで出張できることは彼女にしてみれば単なる遊び感覚でしかなかったのだろう。旅先での温泉や美味しい料理にありつけるだけでも、普通の女性にはできないことである。私の秘書として、従いて行くだけでも社員からは羨望の的であった。

千鶴子には何万人に一人というあの「小死」に至る特有の性癖があり、それに加えて、次から次に新しい性戯を提案し、それを私に実践させることに歓びと生き甲斐を感じていたらしい。夕方、仕事を終えて一緒に食事に出かけるときは必ずパンティを脱いでおき、タクシーの中でも私が大腿部や、もう少し奥の方に手を伸ばしてくることを期待しているのである。普段でも外出するときに、パンティを穿かないことが多いらしい。特に夏は涼しいし、風のある日やエスカレーターに乗っているとき、見られているかもしれないというスリルがあって、たまらないという。側にいる私の方が落ち着かず、何かにつけて私は彼女の後ろ側に立つような習慣ができてしまった。

もっとも最近の若い女性の中にはしばしばノーブラ、ノーパンが流行っているらしく、芸能人の中でも「私はノーパンです」と公然とテレビで語っている芸能人を見て驚くことも多い。千鶴子と2人で遊びに出掛けるときなど、彼女は私の耳元で「私、今日もノーパンよ」と囁くこともあった。私が歓ぶと思って、そうしたのか、そういうことを言うことによって私に刺激を与え、自分もスリルを味わっているように思えた。

いつか渋谷で大変有名な「大人のオモチャ」の店にも連れて行かれたことがあったが、「あの店は若い男女の客でいっぱい！」「全然恥ずかしがることなんてないよ」と渋る私を引っ張っていったのである。千鶴子は、いつこんな店を知り、今まで誰とここに通ってきていたのだろうか、とふと考えたりしたものである。

私はその当時、既に65歳の老人でもあり、若い子たちの中に交じって、大人のオモチャを漁るだけの勇気もなく、ざっと店内を見回わしただけで、逃げ帰ったことを憶えている。

また、千鶴子は麻布にあるＳＭホテルにも初めて私を連れて行った。以前、何回かここを利用したことがあるらしく、○○号室には、こんな装置があるとか、こんな道具がおいてあるなどと言って、私に説明するのだった。恐らくここも誰かと何回か来ていたのだろう。自分のダンナと来たのだろうか？　ロープや鎖が天井からぶら下がり、滑車で吊るすようにできていたり、十字架があったり、刑務所のような檻があったり、特殊は産婦人科で使用するような治療用のベッドがあったり、その他、ムチ、ロープ、チェーン、洗濯バサミ、陰部の拡張器や特殊な器具が沢山おかれており、一つ一つチェックして、何に使用するのかを考えるだけでも時間がかかるほど、様々な小道具が備えられていた。私は千鶴子にＳＭのＭ趣味があるとは全く知らなかった。　ムチで彼女の体を軽く叩いたら思わず歓んだので、次はロープで裸の彼女を縛り上げたら、さらに歓びを露わにするのであった。

備えられている色々な小道具をあれこれ使っているうちに、こちらの方が飽きてしまったので、「次はどうする?」と質問したら、「あそこの毛を剃って!」というので、私は生まれて初めて女性の陰毛を剃ったのである。

女性の陰毛を剃刀で剃る、というのは、最初は何となく抵抗があるものだ。自分の髭をを剃るのとは違い、傷でもつけたらと思うと、何か恐怖感すら感じるものだ。でも実際に剃ってしまうと何となくセクシーで若々しく綺麗に見えるものです。そこで、記念に彼女の局部を写真に何枚か撮ったのである。

その後、SMに病みつきになった千鶴子の要請で、千鶴子のマンションの部屋の中でも色々な趣向をこらして、遊ぶことを覚えたのだ。そのために、あらゆる種類の大人の玩具を買い揃え、赤いロープに鎖、ローソクまで用意して、SMに興じたものです。彼女の希望で浣腸をしたり、アナルセックスの初体験もしました。アナルセックスで「小死」する千鶴子には本当に驚かされたが、私も知らず知らずに彼女の特殊な趣味や性癖に馴らされ、自分でも快感すら感じるようになってしまったのである。

そんな日々が続いたある日、千鶴子は「私、女の子とレズビアンセックスもしてみたい」と言い出したので、驚きながらも「それじゃ、私がに立ち会って、一緒に絡むなら」ということで、SM

クラブの女の子を一人回してもらうことにしたのです。

そこに現れた女の子は可愛いアルバイトの女子大生だった。来月はアメリカに留学するので、その留学資金のためにＳＭクラブのアルバイトをしているという。いくらアルバイトとはいえ、ＳＭの趣味に興味のない者には決してできる仕事ではない。まして、レズビアンともなれば、また別の感覚でもある。この女子大生は、いずれの趣味にも精通していたようだ。それにしても実に可愛らしい女の子だけに、私の方が不思議な感覚にとらわれてしまった。３人とも裸になって、まず女子大生が千鶴子の体を愛撫することから始めました。この女子大生は何の抵抗もなく、男を相手にＳＭのＭになったり女を相手にレズビアンになったり何でもできることが私には不思議でならなかった。果たして、千鶴子は女性を相手に「小死」するだろうか？

10歳以上も年上の女をこの若い女子大生がどこまで興奮させることができるか、私には大変興味があった。その女子大生のテクニックはなかなかのもので、千鶴子の意識が徐々に薄れていくのが分かった。私は千鶴子の身体を責めている女子大生の陰部に後ろから、そっと挿入したのです。この性戯は私にとっても人生で初めて味わった最高の快楽であったのです。間もなくして、千鶴子は例によって「小死」し、私も女子大生の中で昇天したのだが、千鶴子が死んだようになって動かないのを見た女子大生が慌てて「どうしたの？」と叫んだが、千鶴子は呼吸が止まったままであった。慌てている女子大生に向かって、私は「大丈夫ですよ」と言って、千鶴子の背中をポンと叩いたところ、すぐに息を吹き返したので、女子大生はホッとすると同時に、「どうしたんですか?」と訊いてきたので、「小死」について教えてあげたのだが、信じられないというような顔をしていた。そして、その夜は私が真ん中になって、三人で川の字になって寝たのである。これはまさに男の天国であった。

私は千鶴子と温泉によく出かけたのだが、温泉に着くまで、途中の高原の中を車で走っていたのだが、天気の良い夏の涼しい時などは、途中で車を停めてひと休みします。そんなとき、千鶴子が白樺の林の中を散歩しようと言いだしたので、持参したSM小道具類の中からロープだけを取り出し、それを持って林の奥の方まで散策したのです。

かなり奥まった林の中で千鶴子は素っ裸になり、そして持参したロープで近くの樹に縛りつけてほしいと言うのだ。これは彼女が以前から一度やってほしいと考えていたことのようだ。私は彼女の片脚を上げたままの状態で、両手は後手にして樹に固定し、腰回りも樹にくくりつけた。そして少し離れたところから写真を何枚か撮り、彼女の衣類をまとめて、私は車の停めてある方向に帰り始めた。いわゆる、これが「置きざりプレイ」というものらしく、千鶴子は是非一度、このプレイをしてみたかったというのだ。置きざりにされてしまうという恐怖感と、誰かに見つかったら恥ずかしい、という恥辱感が快感と折り混ざって、より興奮するらしい。

私は、少々呆れ、馬鹿馬鹿しいと思いながらも、彼女の快楽のために、あえてこれを実行したのだ。

私は千鶴子からは見えない位置まで離れ、約1時間ほど彼女の様子を遠くから観察していた。彼女は私が本当に、もう戻ってこないのではないかと、心配したようだ。30分もすると私を呼ぶ声が聞こえた。しかし、あまり大きな声を出して、知らない人に来られても困ると思ったのか、その声は途中で徐々に静かになってしまった。

私は音を立てないようにそっと背後から近づき様子を伺っていた。半分、泣き顔になり、自分で何とかロープを解こうと体を動かしていた。その時、私は突然、彼女の前に顔を出したのだ。そしたら思わず、千鶴子は泣き出したのだ。でも、私はロープを解こうとせず、「このままにして、私は帰る」と意地悪く言ったのです。そうしたら彼女は「お願い、何でも言うことをきくから、ロープをほどいて！」と泣き顔で嘆願するのだった。「分かった！　それなら、ロープは解くが、洋服は着ないでそのまま裸で車のところまで歩きなさい」と意地悪を言ったら「分かりました」と素直に言うので、こちらの方がかえって驚いてしまった。

そして、しばらく裸のままで林の中を歩いていたのだが、さすがに停めてある車まで裸で歩かせるのは私のほうが恥ずかしいので、途中で洋服を着せたのである。あとで千鶴子に聞いたところ、もう本当に私が戻ってこないのではないかと、恐怖心でいっぱいだった、と言っていた。でも最初の30分位はそれなりに快感に浸っていたようである。魔女でも、やっぱり怖いこともあるのか、と思ったものである。

車に戻ってからの千鶴子は大人しくなっていた。温泉旅館に着いてホッとしたところで、部屋付きの露天風呂に入ることになった。露天風呂の下には谷川があり、山側は新緑の樹々が美しく夕日に映えていた。谷川の脇でキャンプそしているグループが眼に入った。すでに焚火をしながら、夕食の準備をしているようだ。私たちが入っている露天風呂に気づいてはいないようだ。だいぶ暗くなってきたので、もしこちらが露天風呂の電気をつけたら、向こう側から丸見えになってしまうのではないかと思ったほど近くにいるのだ。しかも、露天風呂と部屋の間はガラス張りになっていた。そのとき、千鶴子が「電気をつけようよ！」と言い出した。千鶴子の露出癖がまた始まったと思い黙っていたら、彼女は突然、電気をつけてしまったのだ。驚いた私は、思わず、湯の中に体を沈めてしまった。そして私に向かって「ねぇ、ここでしようよ」と言うのだった。「えっ？　ここで？　向こうから見えてしまうよ」と言ったところ、「いいじゃない、別に私たちは悪いことをしているわけではないし、遠慮することないでしょ」と言う。こういうとき、男はどうして引っ込んでしまうのか。

羞恥心が先に立って、男性自身が萎縮してしまった。それを見た千鶴子は構わず、それにむしゃぶりついてきたのだ。私はしばらく何の反応もしなかったのだが、徐々に元気を取り戻し始めた。私は千鶴子を谷川に向けて湯船の縁に手をつけさせ、後ろから迫ったのである。ところが、彼女はここでも急に意識を失い、湯の中に沈み始めてしまったので、私は慌てて彼女を抱き起こし、背中に喝を入れたのである。私自身はまだほとんど快感を味わっておらず、何のためにこんな所でしなくてはならなかったのか、と思わず後悔をしてしまったほどである。でも彼女はすっかり満足した様子で、「もう一度、ね、お願い！」と迫ってきたのである。でも私にしてみれば、こんな不安定な場所で、しかもキャンプをしている人たちから見えているのではないかと、気になり、なかなかその気にもならず、風呂から上がることにしたのである。

部屋に戻ると、すでにお布団が敷かれていたので、もしかしたら私と千鶴子が露天風呂に入っている姿を見られたのではないかと思うと、落ち着かない気分になった。私たちは、浴衣に着替えて、一階にある個室のレストランに向かった。そのとき、入ってきた仲居さんが「お風呂はいかがでしたか？」と訊かれ、一瞬私は言葉を失ってしまった。「あの、はい、良かったです」と言うのが精いっぱいであった。やっぱり見られたのではないかと気になって仕方がなかったが、おふとんを敷く係と仲居さんの仕事はそれぞれ違うはずだと思い、あえてそのことは忘れようと努めたのである。

食事から戻って、ホッとして横になっていると、千鶴子が素っ裸になって私の脇に寄ってきたのである。私は多少お酒の酔いもあるし、お腹が一杯なのでまだその気分になれずテレビを見ていると、彼女は私の浴衣の裾をかき分けて手を差し伸べてきたのである。「いくらんなんでも早すぎるよ、少しは休ませて！」と言ったら、「ダーリンは、そのままで何もしなくていいの。私が勝手にしているだけだから」と言って、私の一物をいきなり喰わえ込んでくるのだった。なんでこんなに元気なのか、私には理解できなかった。それでも、いつの間にか、私の方も徐々に元気が出てきて、彼女に合わせて動き始めたのである。

千鶴子は自分は癌だと主張しているのに、こういうときの活力はどこから湧き出てくるのか理解に苦しむ。やっぱり仮病ではないのかと思うしかなかった。夜も更けて、もう寝ようよと言ったところ「せっかく温泉に来たのだから、何か記念の写真でも撮っておこうよ」と言うので、彼女を裸にして床の間に活けてある花の脇に座らせて写真を撮ったり、開脚している局部の写真を撮ったりしたのだった。

彼女の胸部は貧乳のため、上半身の写真は嫌がるので、下半身ばかりの写真である。

彼女のこの性癖はいつ頃からなのか？　とに角、次々と何か新しい変わった写真ばかりを撮りたがるので、こちらもいろいろと考えなければならない。陰毛は何日か前に剃ってしまったが、また少し生えてきたので、もう一度綺麗に剃ってほしいというので、寝る前にもう一度露天風呂に入ることにしたのだ。しかし、露天風呂の灯りは暗くて陰部がよく見えないので、危ないから明るいところでやろう、と言ったところ、彼女は部屋に戻って懐中電灯を持ってきたのだ。そして、自分が陰部を照らし「これなら見えるでしょう」と言って露天風呂での剃毛を促す始末である。

「明日、帰るときもノーパンで?」と聞いたら「当たり前でしょ」と言う。しかも彼女は貧乳のため、もともとブラジャーなどはしていない。

この女は誰と関係するときでも、いつもこんな状態なのか?と考えてしまった。

先日、三重県の四日市市に出張したとき、時間が遅くなり、ローカル線の鈍行で京都まで行こうとして電車に乗ったところ、1両目の電車の中には1人も客が乗っていなかった。千鶴子は「ねェ！ここでしてみない」と言って、ノーパンのスカートをたくし上げて私を誘うのだった。「大丈夫よ、誰も来ないんだから」と言って、私の膝の上に乗ってきたのである。私はここでも無理やりにさせられ、どうにか終えたとき、突然、車掌が入ってきたのにはびっくり。あわてて膝の上の千鶴子を跳ね除けたのだが、たぶん何かエッチなことをしていたと思われたに違いないと思うと、羞恥心で体中が火照って、落ち着かなくなってしまった。こんなときでも彼女は平然としているのに驚くしかなかった。むしろ、彼女はその状態を楽しんでいるかのようであった。やっぱり彼女の性癖は病的ではないのかと思うようになったのである。

そんなある夜、私は千鶴子に誘われて、久しぶりに麻布のSMホテルに行ったのである。千鶴子はここでもまた、とんでもないことを言い出した。「私を裸にしてロープで縛って、そのまま部屋の外に連れ出し、エレベータで一階に降りたり昇ったりして連れ回してほしい」、というのだ。「そんなことをして、誰かに会ったらどうするの?」と言ったところ、「だから、そうしたいの」と言う。

このホテルの客はいずれもSM趣味の者ばかりだし、仮に人に見られたら、それがスリルと羞恥心が折り混ざって興奮するのだという。それにしても私のように60代も半ばを過ぎた老人が、若い女の子を裸にして部屋の外を連れ歩くなんて、考えただけでもぞっとする話である。私が「それだけは嫌だ」と言ったら、サングラスをして帽子をかぶっていたら分からないという。

私は誰にも会わないことを祈りながら、ドアを開け、外の様子を見たところ静かで誰もいそうもないので、少し安心しながら裸にしてロープで縛った千鶴子を部屋の外に連れ出したのである。私はエレベータに乗るのを避けて、3階の部屋から1階まで階段を降りることにしたのである。2階に降りても、誰にも会わずホッとしたのも束の間、1階に降りたとたんに、2人のお客と正面から会ってしまった。私は慌てたものの、どうしようもなく、うろたえていると、彼女は平然として、再び階段を昇り始めたのである。

そして、2階から、3階、3階から4階まで昇ったとき、踊り場のそこには、同じように若い2人の女が裸にされロープで縛られている最中であった。彼らは私たちを見て驚きもせず、むしろ見られていることに快感を得たのか、千鶴子の姿に眼を送りながらも、せっせと自分たちの作業に取り組んでいるのだった。つまり、誰かに見てほしいために部屋の外でこんなことをしていたのである。私は思わず立ち止まって彼らの作業に見入ってしまったほどである。本来ならこれは公然猥褻物陳列罪となり、私自身も危ないのである。

私と千鶴子はその後、自分たちの部屋に戻り、少々興奮を鎮めた後、今度は彼女がローソクプレイをしたいと言いだし、床にビニールを敷き、全身いたるところに熱いロウを垂らすプレイに興じたのである。「熱い！　熱っ！」と言うので、止めようとすると、「でも気持ちがいい」と言うので十分にMの嗜好があるのだろう。乳首、お腹、背中、足の裏、太腿、局部と垂らし続けること約15分、全身が赤いローソクで埋めつくされてしまった。局部などは絶対に嫌がるだろうと思ったのに、「熱い！」と言いながらも意外に悦んでいたのにはただ驚くばかりであった。そんな姿を写真に何枚か収め、最後はいつもの通り「小死」に至る関係を数回ほど繰り返し、ホテルを後にしたのだ。帰りの車の中で、千鶴子は「今日は本当に楽しかった」と言ったのが心に残った。

それから3日後、私は彼女の部屋に泊まることになった。部屋の片隅にある小さな棚の上には私の写真が飾ってあるので、この部屋には私の息子は来ていないのではないかと思い少し安心したものである。

この夜は、彼女の好きな大人の玩具を何種類か使用しては「小死」に導いた。最後にアナルセックスをしてほしいということになり、200ccほどの浣腸器を使い、4回ほど注入した。もう限界とのことでトイレに駆けこんだ彼女はすっきりした顔をして戻ってきた。軽くシャワーを浴びてベッドに戻ると彼女は私の一物を例によって喰わえ込み、私のそれを陰部に招き入れた。しかし、すぐに小死に至ってはいけないので、次はアナルに向けて差し入れようとした。私は生まれて初めての体験だけに、なかなかうまく入らない。そこでジェリーを塗って、ゆっくりと差し入れた。何とか貫通したものの、腰の使い方がいまひとつ、うまくいかない。彼女は私の一物をこんどは前の方に入れようとした。「そんなことして大丈夫?」と言ったところ、「浣腸をしたから綺麗だよ」と言う。前と後を交互に出し入れしてほしいとのことであった。

私は何もかも初めての経験であるだけに何がどうなっているのか、何をどうして良いのかも分からず、ただ言われる通りにするしかなかった。ところがアナルに2~3回出し入れしただけで、彼女は例によって「小死」してしまったのである。そんなことを何回か繰り返ししているうちに、私も果ててしまい、そのまま眠りについてしまったのである。

翌朝、彼女は「ゆうべどうだった?」と聞くので、「うん、悪くなかった」と言うと「悪くないって、どういうこと?」としつこく聞いてきたので、「良かったよ」と言うと安心したようである。「また次もしようね」と言われ、私は「うん」と言うしかなかった。こんなことは、いつ覚えて、いつ頃からしているのか気になり、聞いてみたが笑っているだけで答えてはくれなかった。

もしかしたら彼女はもっと若い頃、SMクラブで働いていたことがあったのではないかと思ったものだ。

●第四章●

会社の金を着服した美魔女

誰に何を贈っているのか、どういう目的で贈っているのか、千鶴子は会社の金を使って取引先とは無関係な何人かの男性にいろいろな物をデパートから贈っていることを、経理担当の女子社員の報告で知ったのである。女子社員は千鶴子と私とが特別の関係にあると思っていたので、何となく変だな、おかしいな、と思いつつも、私には言いそびれていたようである。

最初のうちはたぶん営業用に贈っているものと思っていたようだが、送り先が全員男性であり、その中の誰一人、当グループの会社とは関係のない人の名前ばかりだったので、おかしいと思い始めたようである。昔つき合っていたことのあるボーイフレンドとか、最近知り合ったばかりの男性なのかは不明だが、いずれにしても、その目的が何のためなのか分からない。しかも贈り物がネクタイだったり、タイピンやカフスボタンなどであることから、どうも営業用のものではないと思えるものばかりであったのだ。彼らに贈り物を届けるだけではなく実際には彼らとも時々会っては飲食を共にしていたことが経理に回ってきた領収書によって明らかになったのである。

実の姉のクラブにも連れて行っては接待などもしていたようである。たまたまその中の一人が私の知り合いで私と同年代の大学教授でもあり、彼はどうして自分が接待されたり、ネクタイをプレゼントされたのか理解できなかったらしい。

千鶴子は何のために、どのような目的でこのようなことをしているのか理解に苦しむ。もしかしたら、不特定多数の男性と関係を持つことによって、自分が現在おかれている立場とか、有能な社長であることを強調したかったのか、彼らと特別の関係をもちたかったのか、或いはすでにそのような関係に陥っているのか、今日まで私には分からないままである。

そして、まさかそんなことはないだろうと思っていた私の息子とも時々会っては関係をもっていたようである。体調不良ということで、週３日しか出勤せず、しかも午後の２時から３時頃に出勤して、５時頃には退社しているにも拘らず、自宅の方に電話をしてみるとほとんど不在であった。

私は千鶴子の部屋の合鍵は持っていたので、いつでも彼女の部屋に入ることは自由にできたのだが、彼女の居ない部屋に一人でいても仕方がないので、私は千鶴子の部屋に行くことは諦めて自宅に帰るしかなかった。いったい彼女は毎日どこに行っているのか、誰と会っているのか、何をしているのかも分からないまま時は過ぎていた。まして体調不良ということになっているのに、毎晩どこに行って何をしているのだろうか。それでも週に1回は必ず彼女の部屋で会うことができたので、当初、私は特に疑うこともしなかった。千鶴子が私の息子と会うときは恐らく自宅で会うことはせず、どこかのホテルを利用しているものと思っていた。

それにしても彼女が私と息子の二股をかけているなどとは間違ってもあり得ないことだと思っていたが、後でそれがあり得ることだと思わざるを得ない出来ごとが起きたのである。

私には千鶴子より３つほど若い妻がいるので、私と結婚したいなどということは一言も言わなかったし、ふだんから「自分は一生独身でいたい」と言っており、また子どもがほしいなどとも言ったこともなかったので、まさか私の息子などと付き合っているとは思いもしなかったのである。

たまたまある日、経理担当の女性から「社長（千鶴子）から会社の金、２００万円をおろしてくるように言われて下ろしましたが、そのお金が何の目的で使われたか先生はご存知ですか」との質問に私は「？？？　いや、そんな話は聞いていませんが」と応えた。

私は驚いて即日、千鶴子にその旨を質問したところ、「あのお金は私が一時的に自分のお金を会社の預金通帳に入金したものをおろしただけです」と言う。仮にそれが事実だとしても何のためにそんな大金を一時的にせよ、会社の口座に入れる必要があるのか、会社の売り上げでもない理由のない金を入金することは経理上混乱を招くだけで迷惑そのものである。資金繰りに困っていたわけでもないし、調べてみたら彼女が入金したという証拠は預金通帳を見てもないのである。これは彼女が何らかの目的で会社の金を使うためにしたことであるに違いない。その理由を問い質してみたが、曖昧な返事しか返ってこなかった。これは明らかに嘘をついていると判ったが、その際、私はあまりしつこくは問い質さず、しばらく時間をおいてから再度確認しようと思ったのである。

千鶴子は常に両親の生活や将来のことを心配し、今住んでいる実家（借家）も都の区画整理で１年以内に立ち退きしなければならないようなことを言っていたので、恐らくそちらの資金に用立てようとしたのではないかと思った。社員の手前、それ以上の追及はしなかったが、責任をとって辞職してもらうことにしたのである。さらに会社で借りて上げたマンションも解約しなければならなくなり、結局、彼女は実家に引っ越すことになったのである。

私が買い与えたキングサイズのダブルベッドも、実家には置くスペースがないので、私が引き取ることにしたのである。それでも千鶴子は何のために、２００万円もの金を着服したのか、結局最後まで口を割らなかったのである。それだけではなく、会社の銀行口座から何回かに分けて更に２００万円ほどの金を使いこんでいることも後で発覚したのである。あまりにでたらめな千鶴子の社長としての責任を何らかの形でとらせなければならないと思い、彼女を辞職させた数日後、私は会社に出頭するように呼び出しをかけたのだが、１週間経っても顔を出さないので、ついに私の怒りが爆発してしまった。「どうしても私の呼び出しに応じないなら、お前を警察に告訴するぞ」とメールしたところ、翌日、会社に出社して来たのだが顔は青ざめ、まるで死人のような顔であった。

私は事の顛末を説明し会社の金を着服した理由を問い質したのだが、今回もそれに対する返事はなく、ただうつ向いているだけである。そもそもこの女は何を考えているのか、何をしようとしていたのか、さっぱり理解できない。しかし、これ以上追い詰めてしまったら自殺するかもしれないと心配になり、それ以上の追及はせず、逆に「言いたくなければ仕方がない。それにしてもこれからの生活が不安定になるだろうから、とりあえず毎月30万円だけ個人的にあげよう」と言って金を渡したところ、素直に「ありがとう」と言って金を受け取ったのである。私は彼女の本質がますます分からなくなってしまった。

それから数日後、私は彼女に会いたいという意味のメールを送り、ホテルに誘ったところ快くついて来たのである。しかもこの日は以前と違って明るい表情になっていたのだ。

彼女はもうこれ以上、金のことは追及されないと思ったのだろうか。この時、彼女から思いもかけないことを言われたのである。「実は私、就職が決まったの」と言う。

以前、本当か嘘か分からないが「私を社長として迎え入れたいという会社が2つほどあるの」と何回か言われたことがあったので、その中の一つかと思ったのである。ところが実際は私の予想に反し、千鶴子が最も嫌っていた爬虫類のような顔の大野という社長の会社だったので、さらに驚くしかなかったのである。「爬虫類のような顔」と言ったのは私ではなく千鶴子本人だったのだ。その社長は、たまたまある仕事の関係で2、3回会ったことがあり、私が彼女を連れて行ったときに会わせたことのある大野という大男である。よりによって、一見、あんなに気持ちの悪い顔をした男の下に就職を打診した千鶴子の気持ちが私には理解できなかったのである。この男の会社に行ったとき、彼の応接間に通され、壁一面に飾ってある何十枚もの特許の証明書があるのに驚かされたものである。大野社長は私たちにそれを見せながら、「私はこの何十件もの特許の権利で、今日まで楽に生活できているんです」と嘘ぶいたものである。この特許で一時は豊かに過ごせた時代もあったらしいが、今では単なる紙キレ同然なのである。

ところで、かつて「千鶴子を社長にしたい」と言っていた会社はどうなったのか？　あれは千鶴子が私の会社の金で知り合いを接待して、自分の当時の会社について、いかに経営能力があるかを自慢したために、彼らは「貴女のような人が、うちの会社の社長になってくれたら80万か、１００万円出す」と言ったらしいが、あれはすっかりご馳走になって酔った勢いで言った社交辞令だったのだろう。私の息子もその時、その場に立ち会っていたので、後で私に「千鶴子さんは凄いよ！他の会社からも高給での誘いがあるよ」と言ったことを思い出したのだ。それならば当然、私の会社を辞めた後、そちらに行っても不思議ではないはずである。にも関わらず、爬虫類のような気持ち悪い顔をした大野社長の平社員として行ったのは、よほど切羽詰ってのことだろう。

大野社長は以前、私が千鶴子を連れて行って彼に会わせたとき、「あんなに綺麗な知的な人が、自分の秘書になってくれたら――」と思わず呟いたのを思い出したのである。大野社長は一度離婚し、再婚した奥さんも、そこそこの美人で40歳位の感じの女性であった。オッパイが胸元からはみ出るほどの巨乳だが、明らかに人工的に矯正したものであることが一目瞭然であった。大野社長も彼の奥さんもベンツに乗っていたので、第三者から見ればかなりの金持ちで豊かな生活をしているのではないかと思っても不思議ではない。

千鶴子は自分の嫌いなタイプの男であっても金さえあれば誰でも好きになる性癖の女であることから、恐らく私と同じように、彼の秘書兼愛人として雇ってもらうことを考えていたのではないだろうか。私が、「あなたはいくらの月給で雇われたいの？」と聞いたところ、25万円だという。それにしては随分安い給料で雇われたものだと思ったものである。

「でも近いうちに外車で気にいったスポーツカーがあったら買ってあげる」と社長に言われたという。まだ入社したばかりなのにスポーツカーを買ってくれるとは、何か下心がなければあり得ない話であろう。それから間もなくして再度千鶴子に会うと、私が今までに見たこともない高級バッグを持って現れた。私が何も聞かないのに彼女は「これ、この間、大野社長に買ってもらったのよ」と自慢げに言うのだった。私は「それは良かったネ」と言ったものの、これでいよいよ大野社長の下心が徐々にはっきりしてきたことを知ったのである。

私が今でも個人的に毎月30万円も上げているのに、僅か25万円の給料しか出さないのは他の社員の手前があるからだろう。その頃、私と千鶴子の関係は以前と特に何も変わったところはなかったので、大野社長との関係はまだだろうと思っていたが、千鶴子との男女関係が成り立つのは時間の問題だろうと思ったものである。12月のクリスマスが近くなった頃、千鶴子と会うと今度は新しい毛皮のコートを着ていたのである。彼女は嬉しそうに「これ先日、大野社長がクリスマスプレゼントだと言って買ってくださったの」と嬉しそうに話すのだった。その時、私はもうすでに2人の関係はできてしまったと感じたのである。大野社長はついにプレゼント攻勢に出てきたのだ。私はそろそろ彼女との縁を切らなければならないと思い始めたのである。しかし、千鶴子は相変わらず私との関係を定期的にもっているので、いつそれを言い出したら良いか戸惑っていたのだ。

それから2、3日した時、私は大野社長から『クリスマスパーティーをしたいので是非ご招待したい』との誘いがあったのだ。しかも、それは川崎市の高級住宅地にある邸宅を購入したので、その披露もかねてパーティーを開くという話だった。やっぱり大野社長はただ者ではない、凄い人だと思ったのである。私はお祝い用の祝儀袋に相当額の祝金を入れて訪ねたのである。驚いたことに、このパーティーには私の息子も招かれていたのだった。どうしてまだ会ったこともない息子まで招待したのか？　千鶴子に聞いてみると、実は息子も1月から大野社長の会社に勤めるようになったと言うのだ。しかし、息子が12月で私の会社を辞めることは聞いていなかったのだ。これは千鶴子が手を回して雇ってもらったのだ、ということが分かったのである。何と手回しの良いことだ。

千鶴子は私の愛人として、さらに息子にまで手を出し、大野社長を含めトリプルな愛人関係にまでなっていたのだ。この夜、私はできるだけ平静を装って愉しんでいるふりをして過ごした。

私は息子に「どうして大野社長の会社に入るのか？」と尋ねたところ、「おやじの会社では自分の仕事がない。仮にあっても自分に合わない」と言う。「だから大野社長の下で、経営学を学びたいのだ」と言う。「給料はいくらもらうの？」と聞いたところ、「20万円です」と言う。私の会社では70万円も払って上げていたのに、それほど魅力のある会社なのだろうか、不思議に思ったが、それ以上は追及しなかった。

翌年の1月中頃、大野社長から私宛に電話があり、新しい会社を設立するので、その会社の社長になってほしいという話だった。私は『自分のグループ会社だけでも手一杯だから、無理です』と断った。しかし、大野社長は「仕事などしなくて良いから、名前だけ貸してほしい」と言うのだった。何となく不信感をもちながらも「給料はいくらですか」と聞いたところ「50万円」も出すと言う。あまりにもうまい話に余計不信感が募るのだった。とりあえず会って詳しい会社の資本金や仕事の内容について聞くことにした。

資本金は4億円で仕事は愛知県の豊田市に「長寿村」を設立したいのだという。私は健康関連の仕事を本業としていたので、その話に思わず引き込まれてしまった。資本金の4億円は愛知県に住む有力なスポンサーによるもので、すでにこの企画に賛同し、資金を出してくれたという。それにしても私は不動産の仕事などしたこともないし、またやる自信もないので返事に迷っていると、大野社長は自分は今までにいくつかの不動産を扱ってきたし、自信があるというのだった。ただ長寿村を造るのではなく、そのためには、健康関連の仕事に詳しい人材がほしいと思っていた――是非力を貸してほしいと言うのだった。そして、すでに土地の買収準備にかかっているという。

私は随分悩んだ結果、引き受けることにしたのだ。その翌月からは毎月50万円の給料が私の個人口座に振り込まれるようになったが、私にはその後、何の相談もない上に、経理上の報告もなかったので不審に思い、そのことをスポンサーに連絡したのだ。すると、スポンサーは「そうですか、分かりました。大野社長にその件を伺ってみます」とのことだったが、3カ月ほどしても連絡がないので、私は大野社長に対して辞意を表明したのである。大野社長は「分かりました」と言って、その後すぐ、私の代表権を外してくれたのでホッとしたものです。しかし、私は過去数カ月間、何もせず給料をもらっていたのが気になって仕方がなかった。

そこで私は、千鶴子に「あの会社はいったいどうなっているのか」と聞いてみたが、彼女からは納得のいく返事は遂に得られなかった。そんなある日、私は大野氏の日本橋の会社に顔を出したところ、息子が私にお茶を入れてくれたのであるが、1時間待っても千鶴子と社長は顔を出さないので、私はそのまま帰ってしまったのである。その日、会社には以前からいた女子事務員が1人と、息子の2人が電話番をしているだけで他に社員は誰も見当たらず、千鶴子と大野社長はずっと社長室にこもったままである。

私はそれ以来、この会社に二度と行くことはなかったが、たまたま息子の件で大野社長の自宅に手紙を出したところ、受取人不明で手紙が戻ってきてしまったのである。

何か不自然なものを感じ、川崎市の高級住宅地に購入したとされる住居の登記簿謄本を取り寄せてみたところ、所有権者は大野社長ではなく、以前からその所有者のものであって、大野社長はこの邸宅を購入したのではなく単なる借家であったことが判明したのである。しかも引っ越し先まで不明である。税務署に当たってみると、大野社長は過去5年間、法人税も個人の所得税も滞納していたことが判ったのだ。何ということだろうか。だから大野社長は最初から新会社の社長などやれる筈もなく、私に社長職を依頼してきたのだ。それでも、彼は自分の個人事務所と新会社のオフィスだけはそのまま借りていたようだ。しかし、資本金のほとんどは土地の買収費で費やし、予算不足でさらに別のスポンサーから3億円ほど借り入れて長寿村を造る仕事だけは続けていたようである。

私は千鶴子に「あなたとの関係は、今後一切断つ」旨のメールを送り、できることならそんな怪しい会社は辞めたほうがいい、と言ったのだが彼女からの返信はなかった。

第1部

●第五章●

詐欺師に騙され地に堕ちた美魔女

それから数カ月ほどして、私の友人や知人、医者や大学教授から私宛に連絡があり、「先生の個人的な悪口や名誉を毀損するような悪評を千鶴子が流している」――と。それも現在私が経営している会社も時間の問題で潰れる、といったような悪質なデマまで流していたようだ、との話がいくつか入ってきたのである。私は驚いて、すぐに千鶴子に「どうしてそんなデタラメな噂を流すのか、止めなさい」とメールをしたところ、「私はそんなことは一切言っていません。お世話になった先生に対して、そんな失礼なことを言うはずないでしょう」と、しらじらしく言い返してくる始末である。私が千鶴子との関係を断ち、大野社長の現状について心配して言ったことが却って彼女の気持ちを逆なでしてしまったようだ。

千鶴子は体調不良だ、肺がんだと、人に言い放って同情をかっていたのに、大野社長の会社に入ってからは毎朝決まった10時に出勤していたのが判っただけでも腹立たしいことであるのに、私に関する、あること、ないことを吹聴する彼女の神経が理解できない。

たまたま私の友人の医者から電話があり、千鶴子が「バイアグラがほしいのですが、手に入りませんか?」と聞いてきたらしい。「誰が使うの?」と聞いたところ、「うちの社長です」と言ったらしい。大野社長は私と同じ歳なのに、バイアグラが必要なのかと驚くと同時に、すでに2人の関係が深いものであることを確信したのである。

私の友人の医者に、そんなことを頼みに行ったら、当然私の耳に入ることぐらい分からないのだろうか。彼女のこの無神経さには驚くしかない。彼女は私の会社で働いている時に知り合った著名人や知り合いは、当然私とは親しくしているはずだから、私の悪評を流したりすればすぐにバレるぐらいのことが分からないのだろうか。私の友人の医者は「それなら、あなたが以前世話になった先生の所に行ってとり寄せてもらったら」と言ったところ、黙って電話を切ってしまったようだ。当時はまだバイアグラが医者でも自由には手に入らず、個人輸入で手に入れるしか術はなかったのである。大野社長との肉体関係を維持するために、千鶴子はそこまでしなければならなかったことを思うと実に情けなく思えてくる。

それにしても千鶴子は悪意に満ちた私に関する嘘だらけの情報をどうして流す必要があったのか、理解に苦しむ。私はついに怒って、「これ以上失礼なことをしたら、お前さんを業務上横領の罪で告訴するぞ！」とメールを送ったのです。それればかりか「お前さんの破廉恥なヌード写真を大野社長とお父さんに送り届けてやる」と脅かしたのである。もちろん、そんなことをする気は毛頭なかったのだが、あまりに悪質な彼女の言動に我慢がならなかったのだ。彼女は気でも狂ったのか、普通の常識では考えられないことをして私を怒らせてしまったのである。

ところが、千鶴子はこの衝撃的な私の言葉に驚き、このことを大野社長に話したのである。すると大野社長は自分の弁護士を通じて、その写真をとり返しに私を訪ねてきたのだ。

弁護士の話によると、あの写真は私に強制されて無理矢理に撮らされたものだ、と話したらしい。

あのような写真が無理矢理に撮らされた写真かどうか、見たら分かるはずであると思い、私は数十枚の写真全てを弁護士に渡したのである。誰が見ても、自分の意思で撮った写真ぐらいひと目で分かるものである。特別の関係にあったからこそ、彼女の自宅や温泉場、山の中やSMホテルの中での写真であって、強制されて撮れるような代物ではない。まして、日を替え、場所も替えているので、強制などされる根拠など、どこにもない。そもそも2人の関係自体が何年かに亘って愛人関係にあったのだから否定する理由がない。彼女の意思があったからこそ撮れるものである。この写真を見た大野社長は逆にショックを受け、千鶴子に対する不信感を抱いたらしい。

千鶴子の性癖がただならぬものであることを知った大野社長は彼女に対し逆に怒りだしてしまったらしい。それでもまだ別れるというところまではいってなかったらしいが、何となくギクシャクした関係になっていったようだ。

その後も、千鶴子は私の名誉を損なうようなことを言いふらしているとの情報が入ったので、私は再度彼女に「いい加減にしないと、業務上横領と名誉毀損で本当に告訴するぞ」とメールを送ったのである。すると彼女はその2日後に睡眠薬自殺を図ってしまった、との情報が入った。

実は私の方でも彼女の自殺の可能性を事前にキャッチしていたのです。精神科専門病院において彼女の毛髪分析をした結果、自殺を予想させるような大変危険な数値が何項目かにわたって顕著に現れていたためである。幸いにして彼女は約1カ月ほどの入院で無事、命だけは取り止めたらしいが、退院後は放心状態の日々が続き、結局は復職にもならなかったようである。

その後、私の息子は大野社長の会社に約8カ月ほど在職したが、特に学ぶべきこともなく安い給料のまま退屈な毎日を過ごしており、会社の経営状態も次第に悪化し、辞めざるを得なくなったようである。その後、息子は千鶴子との連絡も取れなくなり、また私に対しても一切連絡も寄こさず、日本語も不得手のことから、ヨーロッパの会社に転職したらしいとの話を米国に在住の私の娘から聞いたのである。そして、あれから10年、息子の居所も生死すらも不明のままである。年齢的にも本来なら結婚し子どもが1人や2人いてもおかしくないのだが、厄介な1人の女に振り回されて人生を台なしにしてしまったのだろうか。実父の私にさえ連絡できず、どこでどうしているのやら、生涯私とは二度と会うことがないかもしれない。

私にとって彼は実の息子ではあるが、小学校2年の頃から、私は仕事の関係で日本に帰国したのだが、息子とその妹、それに妻の3人は米国に永住したまま10年もの間、私とは別居生活であった。私と先妻の夫婦関係も名ばかりであったが、私は2人の子どもたちが大学を卒業するまで、養育費だけは送り続けていたのだ。米国で購入した家は妻に上げ、私は10年間、日本で一人暮らしをしていたのである。

その後、私は離婚して、30歳年下の女性と3度目の結婚をし、1人の男の子に恵まれた。その息子もすでに17歳、来年には米国の大学に留学する予定である。米国在住の娘も結婚し私は孫娘にも恵まれた。娘は今の私の妻と大変仲良しである。何かにつけて2人は国際電話で話し合っているようだ。そんな話の中に、ヨーロッパに行ったはずの息子の消息は未だに不明であるという。

大野社長の「長寿の村づくり」は結局予算不足で、企画は立ち往生し、さらに数億円の借金をしてしまったらしい。あれから5年ほど経過したが豊田市に「長寿村」ができたという話は耳にしたことがない。大野社長のその後の行方すらも不明である。日本橋にあった「長寿村づくり」の会社の名もなくなってしまった。

その後の千鶴子の行方も生死も不明である。私の千鶴子に対する優しさと思いやりが、逆に彼女を悪魔の女に仕立ててしまったようである。千鶴子は自分の美貌を鼻にかけ、偽りの病気を盾に周囲の者から同情されることを意識して生きてきた女である。

彼女が自殺を図る前に私に対して「先生の優しさと、お世話になった恩義は一生忘れません」とメールで送って来ながらも、結局は私を騙し、裏切り、それに対する反省も詫びもない。そして大野社長については「あの方は仕事のできる凄い人です。お金持ちだし、面倒みもいい」とこの時点まで信じていたのである。結果的には外車のスポーツカーを買ってもらったわけでもなく、給料が上がったわけでもなく、自業自得で自殺を図り、僅か半年ほどで会社を辞めなければならなくなったこと自体、あまりに軽率な選択と言える行為だった。結局のところ、自ら撒いた種が災いとなり、最終的に千鶴子は詐欺師のような男に騙され、自分の人生を台なしにしてしまったのである。大野社長自身も見栄を張り過ぎ、自分自身の資金力も企画力もないのに無茶な事業に手を出したことが仇となったのである。

幸いにして私のグループ会社はあれから更に順調に伸び、着実に裾野を拡げつつある。

それにしても私のふとした女性関係が、こんな結末を招いてしまったことは、私自身反省しなければならないことであると思っている。

結局、私は人間を見ず、表面的な美貌や情に負けて自分自身を見失っていたことになる。誠に恥ずかしい限りである。

第2部

●第一章●

由美子との初めての夜
（由美子の巻）

第一部で紹介した千鶴子との関係が断たれて僅か1カ月後ぐらいに、私は偶然なことから由美子の存在を意識するようになった。しかし、彼女が私のグループ会社に入社して約2年ほどになるが、私は特に彼女の存在を意識することはほとんどなかった。彼女が当グループの募集に際し面接試験を行ったのは、第一部で紹介した千鶴子だった。入社した初日に私は初めて顔を合わせ、自己紹介されたのだ。国立大学を卒業し、栄養士の資格があるとのことだった。

細面のやや痩せて見える十人並みの女性で特別に魅力のあるタイプとも思えなかった。

そんなある日、受付のカウンター内にいた由美子から声をかけられた。「理事長はいつも朝が早いですね」と言う。確かに私の出勤はグループ会社の中で誰よりも早く、一般社員の出社時間より1時間は早い。誰よりも朝が早いと前日の会社の様子が不思議とよく見えてくるものだ。慌しく退社する際、エアコンのスイッチを切り忘れたり、個室の電気が灯けっ放しであったり、窓の一部が開いていたり、デスクの上が雑然となっていたり、留守番電話のスイッチを入れ忘れたり、一番最後に帰った者が誰なのか、それによって社員の性格や行動が実によく見えてくる。

また、朝、誰が一番に出社するか、誰が一番遅い出社なのか、朝の掃除をきちんとするのは誰なのか、いろいろなことが分かる。そんな中で由美子の出社はいつも一番遅く、彼女が掃除をするのを見たこともない。彼女は誰よりも会社の近くに住んでいるのに出勤時間が最も遅いことも分かった。

そんなある日、私は由美子に声をかけられた。「理事長はいつも出張が多くて大変ですね。お疲れになりませんか」と言う。入社して2年目にもなる彼女とは今まで話らしい話をしたことがほとんどないのに突然優しい言葉をかけられた私は急に由美子に親近感を覚えたのである。私は「大丈夫です。まだ若いですから」と言ったところ、「でも理事長はもう60歳に近いでしょう?」「いや、私はもう70歳に近いですよ」「それ嘘でしょ? もっとお若く見えますよ」と言われてしまった。私はこの言葉にすっかり調子づいてしまった。そしてその翌日の土曜日の帰りがけに、「たまには食事に行きませんか?」と声をかけたところ、「今晩なら予定が入っていませんから――」と快い返事に退社後、２人で下北沢の料理屋に行ったのである。この店はメニューの種類が１２０種類以上もあり、実に美味しいことで有名である。

由美子はよく飲み、かつよく食べてくれた。「こんなに美味しい料理を頂けるなんて、私本当に幸せ」と言う。確かに、この店は誰を連れて行っても、みんな驚くほど〝美味しい〟と言う。

だいぶアルコールも入って、気分がのってきた頃、私は「次の出張は沖縄だが、一緒に行ってみないか?」と誘ったところ、「えっ? いいんですか、嬉しい!」と言う。「でも遊びじゃないから、観光する時間はほとんどないよ」「君も栄養士なんだから、私の講演の前に前座として20分ほど話してみないか?」と言ったところ「私にできるかしら?」と言う。「大丈夫だよ。今まで勉強してきた栄養療法について話せばいいのだから」「分かりました。頑張ってやってみます」とのことで、その夜は私が彼女を家までタクシーで送り届けて帰ったのである。翌日、私は那覇市の高台にあるNホテルを2部屋予約した。由美子は「私は大勢の人の前で話したことがないから心配です」と言うので「誰でも最初は不安になるし、時には上がることもあるだろうが回数を踏めば少しずつ馴れるだろう」といい、講演の内容について詳細な打ち合わせをした。

　彼女は沖縄が初めてということで出張前から少々興奮し、緊張気味であった。


　那覇市での講演に来場したお客は定員の200名を超える大盛況であった。由美子が最初の前座を務め、私が残りの1時間半を務めることにした。がしかし、実際に壇上に上った由美子が話し始めるとマイクを通しても声が小さくて後ろのほうではよく聞きとれない。私は少々焦って「もっと声を大きく」と紙に書いたメモを係の者に壇上まで届けさせる始末であった。それでも彼女の声はいまひとつであったが、話の内容としては悪くなかったし、初めての経験でもあるので、とりあえず合格にしたのである。講演後のお客の話を聞くと、まんざらでもなくホッとしたものである。講演の後は主催者に美味しい沖縄料理の店に招待され2時間ほど満喫してホテルに戻ったのである。

　ホテルに戻り隣り合わせの別々の部屋に入ってシャワーをとっていると、隣の由美子の部屋からも同じようにシャワーをとっているらしい音が耳に入り、何となく妙な気持ちになった。翌朝、2人で朝食をすませた頃、友人が訪ねて来られ、初めて沖縄に来た由美子のために折角だから沖縄をご案内しましょう、とのことで、その親切に甘えることにしたのである。

私と由美子が沖縄の出張から帰京して2日目の夜、私と彼女は2人で新宿の小料理屋に行き、沖縄講演の反省をかね、今後の出張講演などについて話し合ったのである。食事の途中で由美子の携帯電話が鳴ったので、彼女は席を立って外に出たのである。その時、私は由美子の後姿を見て思わず生唾を呑んだのだ。

ウエストがキュッと締まり、お尻が丸く、ほど良く突き出ており、実にセクシーであることに気づいたのだ。電話を終えて戻って来た由美子に思わず「あなたのお尻、凄く格好いいですね。ビックリしました。こんなに綺麗なお尻は滅多に見れませんよ」と言ったのだ。すると彼女は「そうですか、そのように言われると嬉しいけど、高校生の頃、このお尻をデッシリと男の子に冷やかされていたので、それがコンプレックスだったの」私は思わず「それはまだ子どもだから美的センスが分からなかったのだろう」と言い、「こんなに素敵なお尻に、触れられるものならぜひ直接触ってみたいな」と冗談のつもりで言ったのだが、彼女は「いいですよ、そんなに触りたいなら触らせてあげるわよ」と言ったのだ。私はビックリしながらも酔った勢いで、「じゃ、今からでもいいですか？」と質したところ、二つ返事でオーケーと言われ、そのまま新宿は歌舞伎町のラブホテルに直行したのである。まさかこんなにも簡単にホテルに行くことになろうとは夢にも思わなかっただけに、驚きながらも内心はドキドキしたものである。

ホテルでは一緒に湯に浸かり、彼女を後から抱きかかえるようにしてオッパイに触れたりしたのである。洋服を着ているときの由美子はかなり痩せて見えたが、こうして裸になってみると意外に中肉でスタイルもいい。特にお尻は私を感動させるほど綺麗で形も整っていた。

私は彼女より先に風呂から出て、ベッドの上で仰向けになり、お腹の上にバスタオルを一枚だけかけて由美子が湯から出てくるのを待っていた。間もなく彼女は体にバスタオルを巻いたままの状態で寝ている私のベッドにあがってきたのである。すると、彼女は私のお腹の上のバスタオルをはね除けるや、いきなり私のイチモツを喰わえこんできたので、これにはさすがの私もビックリしたものである。こんなことはプロの女性でも滅多にないことなので、驚くと同時にこの女はかなり男性経験があるのではないかと思ったものだ。

私はまだ独身の由美子を妊娠させてはいけないと思いコンドームを使用したのだが、実は彼女はセックスの後、アフターピルを飲んでいるので、妊娠の心配はないと後で聞かされたのだ。ただ大学を卒業して最初に就職した会社の社長と関係して妊娠してしまい、堕ろした経験があることから、二度と同じ失敗をしないためにアフターピルを使用しているのだと言う。

由美子は子どもを堕ろす費用と慰謝料として社長から200万円を受け取り、それから間もなくその会社を辞め、その200万円を元手にアメリカに留学したらしい。そして、留学先で知り合ったS君と関係するようになり、その彼からアフターピルの使用を奨められたということであった。

そのS君とは留学から帰国し今でも結婚する約束で付き合っているという話であった。結婚を約束している彼がいながら、いとも簡単に私とも関係をもってしまう由美子の神経が私には不思議に思えてならなかった。


今どきの女性は昔と違って、いとも簡単に男に体を与えるようになったとはいえ、「あなたのことが好きです」とか、「愛しています」などと言ったわけでもなく、しかも結婚を約束している彼氏がいるのに、お尻を褒めただけで歳が36歳も年上の上司にいとも簡単に体を許してしまうのはどういう神経だろうか。そこには何か彼女なりの計算があったのではないかと考えてしまう。あとで判ったことであるが、私が一部で書き綴った千鶴子と別れたことを知って、次は自分が理事長の彼女になったら、きっと小遣いもくれるだろうし、何かと優遇してくれるのではないかとの思惑があって、そのチャンスを待っていたらしい、という社員の噂が私の耳に入ってきたのである。

いかにも由美子らしい打算的な発想である。私はそんな彼女の腹のうちも知らず、千鶴子と同じように何かと便宜を図って上げていたのである。

その後、私と由美子の関係は最低でも週1回、時には週2回はその機会をもっていたのである。

土曜日の夜に関係をもったときなどは、10時半頃に帰宅するのだが、由美子はその後、約1時間ほど電車に乗って彼氏の住んでいる我孫子まで行って泊まってくることが多かった。

最近、自分はあまりは体調が良くない、と言っていたのに、そういうことになるとなぜか元気が出てくるようだ。私は彼女がピルを愛用することにはあまり賛成ではなかった。特に低用量のアフターピルは色々な副作用を伴うので、安全日以外はできるだけコンドームを使用するか膣外射精をするように努めていたのだ。そのために、私は由美子の生理日をいつもきちんと把握してメモ帳に記録を残していた。しかし、由美子自身は生理日など無頓着で、「荻野式なんて信用できない」と言い、ピルしか信用していないようだ。私が「あなたの生理日はいつからですよ」と言うと「ああ、そう」と言って聞き流す始末であった。それ以来、私も諦めて、意図的な避妊行為はしなくなってしまったのである。

婚約者のS君は由美子より2つか3つ年上で背が高くイケメンらしい。仕事はコンピューターを使ったイラストレーターらしいが、あまり才能もなく、金もなく、いつもピィピィしているとの話だった。そのために由美子はときどき金を貸したり、何かと援助をしていたらしい。たまたまある夜、S君の部屋に泊まったとき、由美子の財布から1万円ほど金が抜かれていたように感じたが、その時は自分の勘違いかもしれないと思い黙っていたが、その後、同じようなことが何回かあったので、そのことをS君に問い詰めると彼は烈火のごとく怒りだし、夜中の1時過ぎだというのに「帰れ！」

と怒鳴られて我孫子から渋谷の自宅までタクシーで帰ったことがあると話していた。彼はときどき1万円を抜き取っていたことを男のプライドにかけても認めたくなかったのであろうが、困った男である。そのくせ、何かにつけて、1日に何回も電話やらメールを送りつけ「愛してる、愛してる」を連発しているようだ。

私と由美子は講演のたびに一緒に全国へ出張するのだが、彼氏はその出張先に、電話とメールをひっきりなしに送りつけ、「愛してる」を繰り返している。暇なのか、仕事がないのか困ったものである。側にいる私までイライラしてくる。彼は何のために由美子と付き合っているのか、何かにつけては甘え、金を無心する。あとはセックスを求めてくるだけである。私は「あんなに甲斐性のない男とは早く別れてしまえ」と何回も忠告したのだが、彼女にはその気がまったくないようだ。「他にもっといい男がいるだろう」と言うと、彼女は自分と結婚したがっている男は引く手数多だと、自惚れていた。「それなら尚更のこと、付き合う相手を変えたらどうなの」と言うと、みんなS君と似たり寄ったりの経済力のない男ばかりだと言う。

由美子はS君に結婚資金を2人で貯めようということで、新しい預金通帳を作り、毎月5万円ずつ預金したが、何ヶ月たってもS君からの預金は一度もなかったという。それでも由美子は彼と別れられずにいるのが理解できなかった。夜の9時頃、由美子がS君に電話をして「これから行ってもいい？」と言うと「今日は駄目だ」というようなことが時々あったらしく、忙しくもないのに慌てて断るところをみると、別の女が来ているのではないかと思ったりするようである。

私から由美子には給料の他に毎月25万円の特別手当てを個人的に上げているので彼女にとっては、これが何よりの副収入であり、私とは切れない関係になっていたのである。しかも、彼女は祖父から与えられた幡ヶ谷にある二階建ての一軒家に妹と二人だけで生活をしており、家賃負担がないだけでも実に優雅な生活を送ることができる。その他に、私からはクリスマスや誕生日には高級腕時計やブランド物のバッグ数点、旅行ケース、スーツ類、コート、靴、財布に下着、サングラス、小間物類、ゴルフセット、その他必要に応じて欲しいものは何でも買い与えて上げたのである。

夜の食事も週に3日～4日は一緒にとり、高級な和食料理屋、フレンチ料理、イタリアン、寿司、中華、タイ料理、ロシア料理など何でも好きな所に連れて行くのが当たり前のようになっていた。タクシーチケットも1冊持たせて上げていたので、いつでも好きなときにタクシーに乗ることもできる。最近では電車にも乗らず、タクシーで通勤する日が多くなってきたようだ。海外旅行はアメリカを始めイギリス、フランス、イタリアと行きたい放題である。国内の出張は電車ならグリーン車、飛行機ならファーストクラスが当たり前になっていた。

その他、ゴルフに温泉など年に何回も一緒に出掛けるのが習慣のようになっていたのである。

第2部

●第二章●

仮病を装って怠ける美魔女

ある日、由美子は体調不良を訴えはじめた。何となく気力が湧かず、頭痛がしたり、疲労感が常につきまとい、朝目覚めても起き上がることもできず、食欲もなくなってしまったというのである。さらに昼頃まで寝ていてもまだ眠く、食事をする気力もなくなり、さらにまたとろとろと眠ってしまう状態だという。

そのため、会社には午後遅く出勤してきたり、休んだりの毎日である。たまに出てきたときに夜一緒に食事に連れて行くと酒もそこそこ飲むし、食事も適度に食べるのだが、翌日は決まってダウンして動けなくなってしまう。それでも週に1回は私と性的関係はもつし、S君の所にも行って泊ってきたりしている。医者に診てもらったら「慢性疲労症候群」ではないかというが、思い当たることも特にないので、これはもしかしたら精神的なストレスが原因ではないかと彼女は思うようになったらしい。精神的ストレスと言えば仕事の面で特に思い当たることがないので、これはもしかすると現在つき合っている私が原因ではないかと思うようになったらしい。

実は由美子がたまたま部屋を留守にした際、彼女のデスクの上に置いてあったメモ日記を私は見てしまったのだ。そこには、今の自分がこんなに悩み苦しんでいるのは理事長のせいである——他に理由は考えられない、と記してあったのだ。私はこれを見て凄いショックを受けてしまった。しかし、私はそのことには触れず、しばらく様子をみることにしたのである。私が原因であるとは、どういう意味だろうか？　いくら考えても思い当たることがないのだ。私は由美子に特別優遇措置として自由出勤を認め、個人的な特別手当てを与えているだけで、これと言った条件などつけたこともないし、個人的にクレームをつけたり、何か文句すら言ったこともない。もし精神的なストレスが本当に原因だとするなら、むしろS君の方に問題があるのではないかと考えても不思議ではないと思う。まともな稼ぎもなく、ただ由美子に甘え、金を無心するだけで、あとは暇に任せて「愛してる」の連発メールを送りつけてくるだけなのに。

私は二回ほどS君について「あんな奴とは早く別れてしまえ」と言ったことはあるが、別れるか、別れないかは本人の勝手である。ただ私としては、由美子にあげている特別手当の一部がS君に渡っていると思うと、あまりいい気分はしない。「私と結婚したがっている男は沢山いる」と由美子は常に自惚れていたので、「それなら他の男に変えろよ」と言うと、黙ってしまう。どっちみち、いずれの男も甲斐性がなく、大同小異なのだろう。

由美子のメモ日記には「理事長と別れたら、私の病気はよくなるかも」と書いてあったのを見て、私は彼女に「いつでも別れて上げるよ」と言ったのだが、彼女は他の会社に転職したら今のように贅沢な条件で働ける所など考えられないのか、「ごめんなさい、そういう意味ではありません」と弁解するのだった。実際は私が原因というより、S君の不甲斐なさに腹が立ち、悩んでいる自分を私あてに責任転嫁しているのではないだろうか。私がS君について「あんな奴とは別れろ！」というと、

「じゃ、理事長は奥さんと別れて、私と結婚してくれるんですか」と言い返してくる。

いずれにしても、この慢性疲労症候群という病気は大変厄介で、原因も不明で、治療方法もまだ確立していないという。

由美子は内臓系の病気ではなく、精神系の病気であると考えられるが、一つのことに極端に悩み、苦しみ、自分を追い詰めてしまう病気らしい。私が開発した神経伝達物質のＰＬＬやビタミンＢ群をしっかり摂取したら、ある程度は改善し、回復するだろうと思っていたが、彼女は栄養士であることから自分勝手の判断で、その必要はないと思っていたようだ。いつも私の側で働いている彼女はＰＬＬの有効性を誰よりも一番理解していると思い込んでいたのだが、実際はあまり信じていなかったようだ。

いつも私と一緒に講演に同行し、雑誌や新聞にも沢山執筆し、書籍も一緒に出版しているのに、言っていることと、実際に自分が実践することとは違っていたようだ。泊りがけで一緒に出張したときは私が必ずＰＬＬを持参し、食事のたびに由美子にも分けて上げるとしっかりと摂っているのに、自分では一切購入もせず、摂取すらしない。すべて社員価格で、ほとんど原価で購入できるのに、それを摂らない理由が私には理解できなかった。毎月30万円以上も貯金ができるほどの収入がありながら、敢えてそれを摂らないのは、本当はＰＬＬを信じていないか、もともとケチな性格であるが故に摂らないとしか考えられない。

8月にアメリカのカリフォルニアで栄養補助食品に関する国際学会が開催され、私と由美子はそこに出席することになった。ロサンゼルスの会場には世界各国から持ち寄った栄養補助食品が沢山展示され、約2万人ほどの関係者が参集した。しかし、これと言ってユニークかつ特殊なサプリメントは見当たらず、やや失望気味であったが、今回の旅行の本当の目的はついでにラスベガスに行ってショーを観たりカジノで遊んだり、グランドキャニオンに行って楽しむことも目的の一つであったので、私たちは頭を切り換えて遊ぶことに専念したのである。由美子は病気のことなどすっかり忘れて、毎日私とのデートを楽しんでいた。日本では多少抵抗があったが、ここでは人の眼が気にもならないので腕を組んだり、手をつないで歩くこともした。

由美子はS君のこともすっかり忘れていたようだった。ラスベガスのショッピングモールでは、少し変わったハンドバッグを買って上げたり、セクシーなTバッグのショーツをまとめて何枚も買ったりした。再びロサンゼルスに戻ってからは日本人が経営している寿司屋で舌鼓みをし、ユニバーサルスタジオでも一日中楽しんで、病気のことなどすっかり忘れ、上機嫌であった。慢性疲労症候群など、どこに行ってしまったのか――?

いよいよ日本に帰国することになった当日のロサンゼルス空港で、由美子はしきりにメールをしている。恐らくS君に宛ててのものだろうと思ったが私は何も言わず黙視していた。そして再び日本に戻ってくると由美子の症状はさらに悪化して、ついに休職してしまったのである。私と一緒に外国で遊んでいるときは何もなかったのに、S君のいる日本に帰った途端に体調不良となってしまったのである。この由美子の病気の原因は決して私ではなくS君のせいではないかと思ったのである。病名も慢性疲労症候群であると同時に、最近言われている「新型うつ」ではないかと思う。「新型うつ」は別名、「怠け者病」とも言われている。

休職中に由美子はロンドンに在留している友達の所に転地療法と称して1週間ほど行くことになったのである。私は特別手当ての他に10万円の小遣いを渡して上げたが、それを当然のような顔をして受け取ったのである。（「新型うつ」は仕事をすると、うつ症状が出て落ち込んだり気分が暗くなったりするが、自分の好きなことをしている時は心身ともに調子が良くなる）

ロンドンから帰った由美子の症状は治まることもなく、却って悪化してしまったようである。そもそも何が原因でこんな症状になってしまったのか、有名な女子医科大学の先生にも診てもらったが、やっぱり判らず、由美子は寝込んでしまったのだ。

それから1カ月ほどして彼女の症状はいくらか回復したようであり、体調の良い日は午後だけ出勤することになったのである。出勤したからと言って特に彼女にはしなければならないような仕事があるわけではなかったが、夜になると私と一緒に食事に行ったり、ラヴホテルにも行くのも従来と変わらない。私と一緒にお酒を飲んで食事をしているときは、むしろ普段と変わらないほど元気に見える。土曜日の夜などは私との情事のあと、決まって我孫子のS君のもとに駆けつけて泊ってくるのが日常的であった。一晩に2回も違う男性と情事を重ねることが出来るのに、本当に慢性疲労症候群なんだろうか疑いたくなってくる。

由美子は何か自分にとって不都合なことや体調が悪いと、それらの原因は全て私のせいであるとメモ帳に書き残している。

私は彼女のこの厄介な病気の原因について色々と考えてみたが、これは恐らく彼女が日常的に服用している避妊薬のアフターピルの副作用のせいではないかと思い調べてみた。

その結果は思った通りであった。婦人科の専門医は「低用量のピルは全く安全です」と言っているが、何人かの内科医や病理学の専門医に訊ねると、これを長年服用していると将来的に心臓疾患を招いたりする可能性が高く、ホルモンの代謝異常から更年期のような症状が出たり、心の病とも言うべき不安やイライラ、ムカムカ、食欲不振、疲労感や脱力感、集中力の欠如に頭痛や妊娠初期に起きる乳房の痛みや少量の不正出血まで見られるようになるという。

また女性特有の乳がん、子宮がん、卵巣がんなどにもなりやすいと言う。しかも将来的には妊娠しにくくなり、仮に妊娠して出産しても内臓奇形児やダウン症、自閉症など障害児が産まれてくる可能性が高くなると言うのだ。もともとピルはホルモン剤で薬剤である。薬剤を長期に亘って服用することがいかに身体に悪いかぐらい誰でも知っていることである。仮にピルを中止しても、３年間位は妊娠しないように注意しなければいけないとまで専門家は言う。

またピルはホルモン剤であるから内分泌系に異常が起き、自律神経系や免疫系にまで影響が出てくると言う。もっともピルを服用すれば生理機能は常に妊娠状態にあるわけだから、体に何らかのリスクがかかるのは自然の理である。由美子の慢性疲労症候群などはズバリこの副作用そのものであると言えるだろう。管理栄養士でありながら、薬の副作用のことを、もっと勉強すべきではなかったのか。まして年令が35歳を過ぎればピルを服用していなくても、加速度的に妊娠しにくくなり、さらに奇形児や障害児の産まれる可能性すら高くなるのだから、ピルの服用は出来るだけ避けるべきではなかったかと思う。

もうすぐ35歳を迎えようとしているのに、妊娠を避け、付き合う男性に歓んでもらい、快楽だけを追求するために自分を犠牲にするほど愚かなことはない。

一人っ子政策をとっていた中国ではピルを服用する女性が多いため、年間２５０万人もの奇形児が産まれているという報告すらある。

ピルを常時服用している由美子に、私はこの危険性を何度も言い伝えたのだが、全く聞く耳を持たなかったのである。そのくせ、自分の体調不良は私が原因ではないかとずっと思いこんでいたらしい。私は彼女に優しく接触し、常にいたわりの愛情を注いでいたつもりであったが、それは全く無意味であったようだ。その上、体調不良を理由に半日出勤を何年も続けている。もしも由美子が私の彼女でなかったら、とっくに会社を辞めさせられていても不思議ではない。それでも最近、彼女の体調は少しずつ改善し、回復しつつあるようだが、決して午前中に出勤するようなことはなくなってしまった。この怠け癖がついてしまったので、午後出勤するのが当たり前になってしまったのだ。

これは仮病を装っているとしか思えないほど彼女は元気になったのに、たまには少しでも早く出勤しようなどと思うことは決してないようである。私は由美子に、できればそろそろ1時間でも早く出勤できないか問い質したところ、漸く12時半頃に出勤するようになった。私にしてみれば他の社員の手前、由美子には少しでも早く出勤して欲しいと思ったのである。そこで私は由美子に私が経営している別の会社の「取締役専務として任命する」としたのである。そうすれば、出勤時や退社時にタイムカードを押す必要もないし、欠勤や遅刻も気にする必要がなくなる、と言ったのだ。すると彼女は自分が時々みてもらっている占い師に、そのことを話したところ「その会社は驚くくらい良い社名で、将来が楽しみです」と言われ、歓んでいたのが印象的であった。たかだかそんなことで、こんなにも歓ぶとは思ってもいなかっただけに、私は複雑な気持ちに陥っていたのである。

由美子の12時半出勤は彼女にとって、よほど嬉しかったのか、最近機嫌も良くなった。そして取締役就任後、間もなくして「私はS君と別れることにしたの」との報告があった。私は「それは良かった、これからは他のもっとましな男と付き合うようにしなさい」と言ったのだ。ところが実際にはそれが嘘であり、その後、2年間も彼と付き合っていたことが後で判明したのである。

そんなこととも知らぬ私は「私の甥っ子で一流企業の課長をしている39歳の独身男がいるので、一度見合いをしてみないか」と言ったところ、早速、例の占い師にみてもらったところ、「あなたには合わない」と言われたとかで、その話は流れてしまったのだ。私の甥っ子は実に真面目で、親思いの子であり、月に2回位は田舎の実家に帰っては、両親とのコミュニケーションをとっていたのだ。

彼は2回ほどお見合いをしたことがあるようだが、うまくいかなかったようである。私は由美子を私の田舎の実家に2度ほど連れて行ったことがあるので、甥の両親は由美子のことを知っていたので、「あんな女性と結婚できたらいいね」と言ったことを覚えている。由美子の第一印象は誰にも好感を与えるし、育ちの良さみたいなものがあり、知的で清純に見えるので、得をするタイプである。でもよく考えてみたら、自分が付き合っていた女を自分の甥っ子に紹介しようとした私の方が間違っていることに気づいたのだ。

私と由美子の関係はもうすでに4年にもなるが2人の間には特に問題となるようなトラブルはほとんどない。私との共著で出版した書籍の影響もあり、最近、由美子には講演依頼も増え、雑誌や新聞の原稿の執筆依頼も増え、彼女は充実した毎日を送っているように見える。健康状態も傍目には問題がないように見える。そこで、私は由美子に「そろそろ午前11時か11時半頃には出勤できないか？」と問うたところ、「それくらいなら出勤できます」と言った。「それなら、給料も35万円にしよう」と話がついたのだ。彼女は講演料が月に9万円、原稿の執筆料で3万円ほど入るので、何だかんだで月に55万円ぐらいの収入になる。しかも、その他に私からのお手当てが毎月25万円も入るのだ。しかし11時の出勤はほとんどなく、毎日11時半から12時ぐらいの出勤が常習的になっていた。昼前の出勤なので、必ず私と2人で昼食をするのが当たり前になっていた。そして、2人の関係は相変わらず週に1回位のペースであり、月に1回から2回ぐらいは一緒に出張したり、3カ月に1度は温泉やゴルフにも行くようになっていた。以前と違って、由美子の日常は実に健康的であり、充実しているかのように見えた。

由美子が36歳の誕生日を迎えた頃、「私、そろそろ結婚しようと思ってるの」と突然言ってきたので、「それは良かった。早く結婚したほうがいい」と私も言ったのだが、誰と結婚するのかは不明のままで、S君とは別れてもう2年にもなるし、誰なんだろう？　由美子と結婚したがっている男は沢山いるから、誰にしようかと迷っているものと思っていた。がしかし、実際はとんでもない相手だったのだ。

第2部

●第三章●

下半身に鍵のかからない美魔女

レイプでもされてしまったというならアフターピルは絶対に必要かもしれないが、自身の快楽と自分を慕って言い寄ってくる男たちのために、誰かまわず体を与えてしまう由美子の性癖には驚きを超え、呆れるほどだった。

「あなたは綺麗ですね。べっぴんさんですね。上品ですね。知的ですね。スタイルがいいですね。」とこんな言葉をかけられて怒るような女性はいないと思うが、だからと言ってプロの女でもあるまいし、おだてられると誰かまわず体を与えてしまう由美子の精神状態は異常としか思えない。最近の女性はセックスに対して開放的になったとはいえ、管理栄養士の国家資格をもち、会社の筆頭取締役で財団法人の専務理事などの要職にあり、社会的にも名誉も地位もある30代半ばの女が、こんなにも奔放でしかも開放的な性癖の女がまともな結婚などできるのだろうか。

私と由美子は共著で書物も出版し、全国の主要都市で定期的に講演をしたりして、彼女は社会的に高い地位とそれなりの名誉を得ていたのだが――。これは彼女の努力だとか、偶然になったわけではなく、私がそれなりの演出をして彼女を上手に売り込んできたからこそ、そうなったのである。

それと同時に私が経営するいくつかのグループ企業のバックアップがあったからこそできたことなのだ。しかも私との男女の関係はすでに4年を経過し、2人の間にはこれといったトラブルもなく、今日までお互いに支え合っていい関係を維持してきたのである。にも拘らず、由美子は相も変わらず、昼頃の出勤のままで、あの「慢性疲労症候群」は改善したのか、治ったのか、自分からは何も言わずに、怠け癖のままで今日に至っているのである。そして夜になると、週に３～４回は私と食事をし、一緒に酒も飲んでいる。私が相手をしない夜は、ほとんど真っすぐに帰宅することもなく、どこかの男と食事に行き、ホテルに行っているらしい。

由美子はよく「○○さんと食事をした、結婚してほしいと言われた」などと、いちいち私に報告していたが、食事の後は必ずホテルに行っていたようだ。都心から少し離れた○○ホテルで○○君とイタリアン料理を食べたとか、先日は○○さんに誘われたの、などといちいち報告してくるのが日常茶飯事であった。そして「彼らはみんな私と結婚したがっているの」とよく言っていたものである。その時は、まだ彼女がプロポーズをされてはいたが性的な関係にまで至っているとは想像もしていなかったのだが、あとで彼女のメモ帳を見て、実際には付き合っている数多くの男性と肉体関係をもっていたことが判ったのである。私でさえ、妻とは10年以上も夫婦の関係はなく、由美子だけが唯一の相手だっただけに、それを知ったときのショックは計りしれないものがあった。日常の由美子の生活態度からは、そんなにも多くの男性と関係していたとは想像もできなかったのである。

私と由美子の関係も４年以上にもなると、夫婦のような親密さと信頼関係が生まれ、性生活においても、お互いに何か別の刺激を求めるようになっていた。

ある日の夜、一部で紹介した千鶴子が好んで通っていた麻布のＳＭホテルに由美子を連れて行ってみた。ホテルの玄関を入ると受付の脇にＳＭ用の小道具や大人の性具、セクシーな下着類などがショーケースの中に展示されていた。由美子は、その中の品々にすっかり眼を奪われ、喰い入るように覗いており、暫くはそこから離れようとはしなかった。よほど興味をもったのだろう。受付でチェックインをして、部屋に入ると、またもＳＭ用の小道具が天井や壁にセットされ、棚の上にある小さなショーケースの中にも、様々なＳＭ用の小道具が揃えられていた。由美子はまたも、これらに眼を奪われ、一つ一つチェックしながら「これは何に使うの？　これはどのように使うの？」と矢継ぎ早に訊いてくるのだった。まさか由美子がこれほど、ＳＭに関心を抱くとは思ってもいなかったので、呆然としたほどである。

女性の多くは大なり小なりＭ傾向はあるものだが、由美子もこのＳＭホテルが大層気に入ったらしく、そこにある様々なＳＭ道具を試したがっていた。私も男としては多少Ｓの傾向はあるが、かと言って特にＳＭプレイにはまるほどの興味はない。しかし、相手の女がそれを好むなら、怪我もしない範囲で色々なプレイをすることに同意はするが、乱暴なことや、ロープで吊るしたり、叩いたりすることにはあまり興味がなかった。それでも由美子はそこにある器具などは、ひととおり試してみたいようだった。

また裸の写真を撮られたり、陰毛を剃られるのが好きであった。でも最近ではなぜか予め自宅で剃ってくるようになっていた。もっとも欧米では女性のマナーとして剃るのが当然であり、最近では男性も剃る人が増えているという。由美子は全部剃り落とすのではなく、真中に小指一本分だけ残して剃るのがセクシーでいいとも言っていた。陰部の剃毛は彼女の浮気防止のために私が最初に提案して実施したものだが、他の彼氏やボーイフレンドと関係するときは、何と説明していたのだろうか。折角陰部がスッキリして綺麗になったので記念に写真でも撮っておこうということで何枚か撮ったことを記憶している。そして「次のデートはどこのホテルにする?」と聞いたところ、彼女はやはりここがいいという。由美子には特に目立ったSMの性癖があるわけではないが、これからも、このSMホテルを利用することにした。

このホテルの部屋の棚には浣腸器が置いてあったので、それも試してみたいと言う。普段、由美子は便秘気味らしく、この際、浣腸してほしいと言うので早速試すことにした。浣腸の後、ベッドの上で由美子はいつもより燃えた。ゼリーを使ってアナルに指を入れてみたところ、思ったよりすすんなり入ったので、しばらく2本の指で前後に動かしてみたところ、かなり興奮したようすなので、私は「この中にも入れてみようか」と言ったところ、「いいよ、ゆっくりなら。でも痛くしないでね」ということで、早速試みたところ、意外にすんなり入ったので驚いたことを覚えている。もしかしたら、もう既に何回か経験があったのではないかと思ったほどである。浣腸でアナルが綺麗になっているので、そのまま前にも入れてみたり、アナルにも入れたり交互に出し入れしているうちに、由美子はすっかり興奮してイッてしまったのだ。アナルだけでも何回もいってしまうので、もしかしたら、これが病みつきになってしまうのではないかと思ったほどである。

由美子には何年も前から結婚を約束したS君がいるのに、会社の上司である私と、いとも簡単に関係し、他のボーイフレンドたちとも遊んだり、旅行に行ったりしている。S君には私との関係は言っていないらしいが、他のボーイフレンドと遊ぶときも、どうやら「あなただけよ」といった口調と態度で接していたのだろう。私は由美子が定期的にS君のもとに通っていることは知っていたが、他の何人かのボーイフレンドとも関係しているとはその当時は知らなかった。私とは確実に週1回は関係をもち、時には2回になることもあったので、まさかS君以外に、そんなに多くの男たちと関係をもっているとは思ってもみなかったのだ。

由美子と私は誰も自由に入ることのできない2人だけの部屋で仕事をしているので、私がその気になると、いつでも彼女のおっぱいに触れたり、下着を脱がして触れたりするのは自由であった。おっぱいと下半身を同時に軽く触れているだけで、彼女はたちまちエクスタシーに達してしまう。このような行為は週3日は日常茶飯事であった。こんなことをしていても、その日の夜は私と関係したり、私と関係をもたない日でも、Ｓ君やボーイフレンドとは関係をもっていたらしい。

夜、Ｈをしたり、食事をして帰る時は私が由美子を家までタクシーで送るのだが、車内では必ず、私と手を握り合い、キッスをしたり、時には下半身にも直接触れると眼を閉じて、うっとりとしている。週３日位はそんな生活が当たり前になっていた。３～４カ月に１回は温泉旅行に行ったり、泊まりがけの講演旅行やゴルフにも行ったりしている。

一緒にドライブするときは、必ず彼女がお気に入りの私のベンツを運転する。運転するときはパンティストッキングやショウツは履かず、私がいつでも触りやすく気づかいをしてくれる。でもあんまり激しく触ると運転の方が怪しくなるので、眠気がなくなる程度に触って上げることにしている。

こんな生活を5年間も続けていると、私と由美子は一心同体となって何も言わなくてもお互いに相手の思っていること、考えていること、して欲しいことが分かるようになってしまう。

今日は何が食べたいか、今日はどのホテルがいいか、今日か明日は生理がくるのでは?まで分かるようになった。

私が由美子とホテルに行くときは、ホテルに入る前に必ずコンビニに立ち寄り、彼女のために軽食を買うのが習慣だった。これは彼女が午後３時から4時頃になると低血糖のせいか、お腹が空いて目まいがしてしまうので、Hをする前には必ずある程度、お腹を満たさないとご機嫌が悪くなるからする習慣なのだ。ホテルでは何だかんだで、約2時間から3時間位に及ぶので、その後の夕食まで体がもたないためである。由美子は何をいくら食べても飲んでも決して太らない体質なので、安心していたのだ。

ホテルを出て食事に行こうとする前に、由美子は私のために、パンストもパンティも履かずに、タクシーに乗るのが習慣になっていた。20〜30分タクシーに乗っている間も私が彼女の下半身に触ることを期待しての準備態勢でもあった。そして、レストランに着くとテーブル席よりもカウンター席を好んで座ったものだ。それは隣に座っている私が彼女の太腿に触りやすくするためでもある。

いつでも、どこでも私が彼女の体のどこに触れようとも断ってきたことは今までに一度もなかった。恐らく他の男たちとの付き合いの中でも同じではなかったかと思う。

一見、知的で、清純で何となく育ちの良さと軟らかい言葉遣いに多くの男たちが、声をかけたくなるような不思議な魅力のある女であったことは否めない。しかし、私から見たら決して美人とは言えず、十人並みの女でしかないが、多くの男たちが何かにつけて声をかけてくるのが嬉しく、またそれを待ってもいるらしかった。

「私、今日もどこどこで、誰々さんに、貴女は綺麗ですね！」と言われたとか、「貴女って本当に魅力的ですね！」と見知らぬ人からも声をかけられるのが嬉しかったようだ。

私にそんなことをしょっちゅう報告してくるので、「またか！」と思うだけだった。しかも、誰かまわず、自分の携帯電話の番号やメールアドレスを教えていたようだ。そのくせ、「また、〇〇さんからメールがきた」とか、いかにも迷惑そうに言うのだった。また、自分がカウンセリングを担当していた医療機関の患者さんにも、教えていたくらいだから、どうしようもない。

私にはよく分からないのだが、「〇〇の何とかさんからはHメールばかりが来て困る」と言っていたが、それは自分が、そのメールに反応したから次々と来るようになったので、無視してしまえば、来なくなるのが普通なのに、実に困ったものである。

一日に何十件もの迷惑メールが来ていて仕事にもならないのに、何回もそれらのメールをチェックしていたのを私は知っている。そこで「メールアドレスを変えてしまいなさい」と言ったところ、「そうすれば多くの友人や知人に、いちいちこれを連絡しなければならないから大変な作業なんです」と言ってメールを変えるわけでもない。一緒にいると、私の方がイライラしてくるほどメールが入ってくる。彼女にしてみれば、大事な人からのメールかもしれないし、ふざけたメールかもしれないが、とりあえずチェックしてみなければ分からないのだから、どうしようもない。やっぱり、この女は少しおかしいと最近思うようになった。

結婚目的のための合コンにも何回か顔を出していたことも他の社員の報告で知ったのだ。

「そろそろ結婚しなければ」と最近よく言うようになった。私は「そうだよ、早く結婚しなさい」と言うと、「みんな帯に短く、タスキに長い男ばかりで」と言う。「でも30代の男は、みんな同じようなものじゃないか」と言うと、「そうなんだけど、みんな稼ぎが私より低いから」という。どうせ結婚しても、自分が働いて、夫が「専業主夫」にならなければと言う。

でもよく考えてみたら、由美子は昼からの出勤で、35万の給料、それに私からの個人的特別手当てが25万円、他に講演料や原稿料が10万円、合計70万円となるが、私からの手当てがなければ、45万円になり、会社の仕事で講演しているので、本来なら、その講演料は会社に入れるべきものであるので、それを差し引くと35万円になってしまい、大したことではないのにと思う。もっとも、35万円の給料にしても、他の会社なら精々25～26万円で多くても27万円位が普通である。私の意思で多目に出して上げただけのことなのだ。

でも私は、「あなたが結婚しても、子どもができるまでは従来通り、男女の関係は続けよう」と冗談半分に言ったところ「分かりました。そうしましょう」とあっさり言うのであった。やっぱり、この女は少しおかしい、と思いながらも私にしては特に従来通り関係できるなら と思い、あまり気にしないようにしていた。

でも、もし彼女が結婚したら、すぐにでも子どもが欲しい、と言っていたので、アフターピルを使わなくなったら、私の子か夫の子か分からなくなってしまうではないか、と思うと、この女の精神状態を疑ってしまう。

私はその頃すでに71歳になっていたが、男としての機能は極めて元気そのものであった。しかし、残念ながら歳のせいか利尿回数が増え、夜中に２～３回はトイレに行くようになってしまった。そこで世界的に著名な泌尿器科のドクターに診てもらったところ、まだ前立腺肥大にはなっていないが、いずれ肥大するだろうから、今のうちに手術をしましょうと勧められて手術したところ、逆に夜中のトイレの回数が７、８回に増えてしまった。さすがに頭にきて文句を言ったものの、今さらどうにかなるものではなく、諦めるしかなかったのである。しかし、一つだけ問題が残ってしまった。

それはセックスに際し、射精感はあるのだが精液は全く出ないのである。精液は射精と同時に膀胱の中に放出され、その精子は排尿時に尿とともに排泄されるのだった。

今さら子どもが欲しいわけではないのだから妊娠させる能力は失くなってしまったが射精感さえあれば良いと思っていた。ところがペニスはエレクトするものの、射精まで従来の何倍も時間がかかり過ぎ、諦めざるを得ないこともしばしばあったのである。これは男として実に淋しいものである。あまりにも長く時間がかかるため、由美子も気を遣ってあれこれと頑張ってくれるのだが、彼女の方も疲れ果ててしまうこともある。しかし、早漏ではないので、逆に女性を何度も昇天させることはできるので、決して嫌われることはないのだが、自分自身の満足感は手術前の七割程度になってしまったことが悔やまれてならない。

由美子はそのことを知って、仮に自分が結婚している間に私と関係しても、私の子どもを妊娠することはないと思い安心したようだ。

私は72歳の春を迎え、由美子は同じ月の生まれだったので、36歳になった。昨年、由美子が「私は来年あたりに結婚しようと思っているの」と言った言葉を思いだし、どんな人と結婚するのだろうか、と時々思いを馳せることがあった。仕事における私と由美子の関係は充実しており、あと1年もすれば、仮に彼女が結婚して子どもが産まれたとしても、この分なら他の社員でも十分何とかなるし、彼女が復職しても、安定した状態の中で、いつでも迎え入れることができると考えていた。

第2部

●第四章●

美魔女の結婚の条件

―経済力さえあれば誰でもいい―

由美子の話によると自分と結婚したがっている男は引く手数多だ、といつも口癖のように言っていた。しかし、いずれも自分と歳がそれほど変わらず、稼ぎの少ないのが気に入らなかったようだ。彼女の収入が同じ年代の男の連中より多いのは確かだが、私のような馬鹿な男のお陰で不足分をカバーしてもらっているのだから、本来ならそのようなことはあり得ないのだ。4年以上も、こんな贅沢な生活をしていて感覚が麻痺してしまったのだろう。彼女の住居は祖父から譲り受けた一戸建ての一軒家に妹と2人で住んでいるので、一ヶ月の生活費は15万円もあれば十分である。週に3、4回は私や他の男と夕食をとっているので、食費もあまりかからない。欲しいものがあれば、ほとんど私が買って上げているので、残りの収入のほとんどは貯金に回すことができる。

だから毎月35万円から時には40万円位は預金することが可能なのだ。恐らく私からもらった特別手当てと給料、その他の収入による預金額はこの4、5年で2、000万円近くにもなるのではないかと思う。その他に、私と知り合う前から貯めた預金額を合わせると恐らく2、500万円位にはなるのではないかと思われる。

彼女は極端な節約家でもあるし、もともと本質的にはケチな性格だけに、私が買って上げたもの以外に、貴金属も持たないし、大したお洒落もしない。海外旅行や温泉、ゴルフなどに行くのも全て私の負担なので、金を使う場はほとんどない。だから自分とあまり変わらない若い男の子と結婚したら、子どもができるまでは自分が働いて、夫が「専業主夫」になるしかないと思っていたようだ。

また仮に子どもができても母親が孫の面倒をみてくれるので、早目に復職できると考えていたようでもある。

それにしても誰と結婚するのだろうか？　私はそれが気になっていた。婚約をしていたＳ君とは別れて２年にもなるというが、本当に別れたのだろうか？　とふと気になった。

７月末に私と由美子は長野の講演会に行き、その夜は時々行っていた上山田の温泉に泊まり、翌日は軽井沢でゴルフを楽しんでもう一泊。そして、８月の夏休みは、水上温泉の大変有名な温泉に泊まり、部屋付きの露天風呂から眺める谷川岳と谷川の景観に感動し、夜はとびきり美味しい料理と酒に酔いしれた。これだけ条件の整った温泉はそうざらにはないだろう。私と由美子は、秋の紅葉の頃にはもう一度ここに来ようと約束したのだ。由美子と私は翌日の夕方、高尾山の麓にある有名な「鵜飼鳥山」という料理屋の個室で鳥肉と山菜料理に舌鼓み、夕食後はすぐ近くのラブホテルに泊まったのだ。このラブホテルには一室だけ、特別のスイートルームがあり、ドアの外には広いスペースのベランダと露天風呂がある。私たちは予約しておいたこの部屋に泊まったのだ。

ここはラブホテルというより、山麓の中にある高級温泉のような雰囲気があるので、私と由美子はよくここを利用したものである。

そして、翌日帰京したところ由美子は突然、両親と九州に旅行したいので、３日間休暇がほしい、と言ってきた。もちろん私はそれを許可したのだが、7月下旬にも両親と長野へ旅行したばかりなのに、ちょっと変だな？　と思ったものだ。もしかしたら、来年にも結婚したいと言っている彼氏との婚前旅行かな？　とも思っていた。

8月も終わり、9月に入っても暑さは厳しかった。それでも私は8月の水上温泉での宿が忘れられず、秋の紅葉の頃に再度由美子と一緒に、その温泉に行くという約束を想いだし、11月中旬に行くための予約まで入れたのである。

また、10月の中旬には、由美子が長野県の某小学校から講演の依頼が入っていることを想いだし、この講演に私も同行することにしたのだ。ホテルは私が5月のツツジの咲く頃に、同じ長野県で講演をしたときに泊まった古城跡のホテルが大層気にいったので、そこに泊まることにしたのだ。そこは何十種類ものツツジと美しい藤の花が庭園に咲き乱れ、感動したことを由美子に告げたところ、どうしても、そのホテルに泊まろう、ということになり、早速、由美子は自分の名前で予約をしたのである。

9月27日の夕方、私は仰天するような話を由美子から告げられたのである。突然「近々結婚することになりました」との報告があったのだ。「そりゃ良かった！　ところで誰と？」と質問したところ、1年ほど前に初めて知り合った私の会社の取引先の堀川という社長で63歳の男であるとのことに、私は腰が抜けるほど驚いたのである。その社長は既に2回離婚しており、由美子より背も5センチほど低く、頭は丸坊主で、いつも黒い上衣に黒いズボンを履き、上衣の下は夏でも白いハイネックの長袖シャツを着ていた。その上、左手の小指のないのが気になっていた。由美子との歳の差が26歳というのは、まあ仕方がないとしても、「結婚したら会社を辞め、専業主婦になり、子どもも沢山産んでほしい」と男が言っているらしい。でもよく考えてみると、仮に由美子が今すぐ妊娠したとしても、最初の子どもが20歳になったとき、彼は83歳にもなっており、子どもが30歳になって結婚する頃には92歳にもなっている。しかも彼は以前、ガンになったことがあり、今でも時々体調不良になることがあると聞いている。また、現在彼が経営している会社も自分の後継者は作らず、自分一代で終わりにする、とも言っているようだ。しかし、彼の仕事ぶりは小気味良いほど軽快で誠実性があり、真面目で几帳面なタイプに見え、高卒とは言え、なかなか知的で頭の回転も速い。

由美子から堀川社長と結婚することになりました、という報告を受けた時、昨年の6月に知り合って、今日まで2人が付き合っていたというような雰囲気は全く見えなかったので、「そもそもいつ頃から付き合い始めたのか」と聞いたところ、今年の4月頃からだという話だった。「ではいつから肉体関係に入ったのか」と問うたところ、「七月の下旬頃です」と言う。しかも、２人は既に子どもを産むために避妊もせずに子づくりのために早くも頑張っているというのだ。まだ親の承諾も許可もないまま、「出来ちゃった婚」を狙っていたようだった。

由美子と私の関係は5年も前から愛人関係にあるが、私には彼女と結婚する気はないものの、私との関係を未だに清算もせず、堀川社長と関係したり、私と関係したり、由美子は一体何を考えているのだろうか。7月の下旬から堀川社長と肉体関係があり、2カ月後の9月下旬に「結婚することになった」という報告後も私との関係は以前と変わらず続けていたし、私と由美子は7月の下旬に2泊3日の温泉とゴルフの旅に出かけており、8月の盆休みには水上温泉など2泊3日の旅にも行っており、堀川社長と結婚する約束をしながら二股関係を平然と続けている由美子の神経が理解できない。

しかも、11月の紅葉の時期には水上温泉へ、また私と一緒に行こう、と約束までしている。来年の春頃の沖縄講演にも一緒に行く約束までしていながら、結婚を約束した堀川社長とも関係を続けていたのだ。10月の初めに堀川社長が私を訪ねて来られ、「由美子さんと結婚することになりましたので、よろしく」と挨拶された。由美子の両親が猛反対しているので、私が仲介役となって、何とかうまく話をまとめて欲しい、ということでもあった。私は早速、静岡県の御両親に会って説得するため、静岡市に飛んだ。この結婚話のために父親は、ほとんど精神病の初期症状のような、うつの状態に陥っており、精神的にかなりのダメージを受けていることが判った。それでも私は堀川社長の有能な部分を説明すると同時に、由美子は仮に堀川社長がヤクザであったとしても、本人の結婚する意志は変わらないだろうと伝えたのだ。

静岡から戻ったあと、私は堀川社長と由美子に一応簡単に報告だけしたが、２人の結婚の意志は固く、この関係を覆すことは無理であることを確認したのである。

由美子の話によると、堀川社長は几帳面で潔癖症であり、人と約束しても必ず10分前には顔を出し、由美子とデートの約束の時間に5分遅れただけでも、その場を去ってしまう人らしい。

そんなある日、由美子が社用で外出した際、たまたま私は由美子のデスクの右下にある彼女のハンドバッグの中を覗いてしまったのである。こんなことは悪いことだとは分かっていたものの、最近の由美子の言動に不審を抱いていた私は何かその裏付けとなるものを見つけたかったのである。案の定、バッグの中の由美子のメモ日記や堀川社長から来た何通ものラブレターを見た私は、また も仰天してしまったのである。

由美子と堀川社長の関係は初めて知り合った昨年の夏頃から既に深い関係にあり、一緒にホテルに泊まり歩いていたことなども判ったのである。確か、由美子は堀川社長に「あなたと鎌田先生（私）との間には男女関係の噂があるが本当か？」と付き合う前に尋ねられたことがあったが「そんなことは一切ありません」と由美子から直接言われたので、堀川社長は安心して由美子を口説いたようだ。私と由美子と堀川社長との出逢いは前の年の六月中旬に、知人を通じて彼の会社で会ったのが初めてであった。

私は初対面の堀川社長を見た瞬間に、この人はただ者ではない、もしかしたらかつて裏社会に関係のあった人ではないのか？　と思うほど異様な風体だったのだ。そして、初対面のときに彼はいきなり由美子に「女の陰部（局部）は縦に割れているると誰もが思っているようですが、中には横に割れている女の人もいるんですよ」と言ったのだ。私は初対面の女性への挨拶の冒頭に「何と非常識なことを言う奴だ」と思いながら由美子の顔を見ると、由美子は「ああ、そうですか――」と言って、ケロっとしている。本来なら初対面の若い女性に対して「何て失礼なことを言うの」と言って席を立つものと思っていただけに、涼しい顔で応える由美子の顔を思わず、見つめてしまったほどである。

しかし、その後、すぐ商談に入り、何となく取引の話は決まったものの、私の胸のうちには一つの黒いわだかまりができてしまったのである。

その後、昼食用のお弁当が出されたので、それを頂いて会社を去ったのである。私は由美子に「初対面の女性に対して何て失礼なことを言う奴だ」と言ったところ、彼女は「本当に失礼ですよね」と言っただけで、それ以上の話はしなかったのである。

初対面の日から僅か1週間後、由美子は突然、堀川社長に誘われて銀座で食事をご馳走になった、という報告を受けたのである。由美子は私に同行して、たった1回彼の会社で会っただけなのに、いつ堀川社長が私に内緒で由美子と連絡をとり、何の目的で会ったのか気になった。仕事の話なら、当然、私宛に連絡が来るべきなのに、私の知らぬ間に、２人は電話かメールで何度もやり取りをしていたらしい。仮に堀川社長から食事の誘いがあったにしても、本来なら彼女は私宛に、「堀川社長から食事に誘われたけど、私どうしたらいいかしら？」と私に尋ねるのが常識でもある筈なのに、２人でこっそりと会った後に、その旨の報告があったことに私は少々不審感を抱いたものである。そして、その時、私は由美子に「仕事の話があるなら、なぜ私を誘わずに、貴女だけを誘ったのか？」と言ったが、彼女は黙っていただけであった。

すると、１週後に、今度は私と由美子の２人に宛て御一緒に食事をしませんか、と言ってきたのである。あとで考えてみたら、うちの理事長に「どうして由美子だけが食事に誘われたの？　おかしいではないか」と私に言われたことをすぐに堀川社長に伝えたために、２回目は、私と由美子が同伴で誘われたらしい。別に食事に誘ってほしいわけではないが、もし仕事の話で食事に誘われるなら分かるが、直接関係のない秘書的存在の女子社員を敢えて個人的に誘うということは何らかの下心があるからに他ならないことは明白である。実際に私と由美子の２人が同伴で食事に付き合ったものの、これといった仕事の話はなかったので、形式上、格好だけをつけたのだろう。

それから、約１年以上もして突然、由美子から堀川社長と結婚することになりました、との報告に、今までこの２人は何回も何十回も私の知らない所で逢瀬を重ねていたものと想像するしかなかったのだ。そして、事実、彼女のバッグの中にあったメモ帳を見たところ、既に2人は知り合って間もなく、1年以上も前から男女の深い関係にあったことが記されていたのである。しかも初対面から僅か1、2週間後にはできてしまったのである。

よくもこの私を1年以上も騙し続けたものだ。しかも、私との関係は従来と全く変わらず、1週間に1~2回は会って関係をもっていたので疑うことすらしなかったのだ。

由美子がこれほど節操のない厚顔しい女だったとは夢にも想像したことはなかった。堀川社長は由美子に騙され、私との関係は一切ありません、と言うので安心して今日まで付き合ってきたのだろう。それにしても、取引先の社長と初めて出逢って間もなく、いとも簡単に関係をもち続け、僅か数ヶ月前に結婚しよう、ということになったらしい。それならば尚更のこと、早急に私との関係を清算してから、彼との関係を持つのが本来の筋であり常識ではないかと思ったのである。

私と堀川社長を二股にかけていただけではなく、実は2年前に別れたと言っていたS君とも、あれ以来、結婚する予定のまま付き合っていたこともメモ帳に書いてあったのだ。そのS君とは堀川社長との結婚が決まったので今年の5月中旬に別れたという。

この段階でも既に三ツ股関係にあり、また以前から付き合っていたM君とは結婚を約束していたS君と正式に別れた翌月の6月には2人で静岡方面に泊まりがけの旅に行ったこともメモに書いてあったので更にびっくり。M君のみならず、ついこの間まで付き合っていたY君のことも書いてあったので、もう何が何だか分からなくなってしまったのである。

由美子は三ツ股どころか、判っているだけでも四ツ股、五ツ股関係を続けていたのである。

いくらアフターピルを使っているからとはいえ、これはあんまりではないかと思ったものだ。正に彼女の下半身には鍵がかからず、開放されっ放しであったのだ。付き合っていた男たちはいずれ由美子が自分と結婚してくれるかもしれないと思っていたようだ。しかし、彼らはいずれも稼ぎがよくないので、稼ぎのある男なら歳に関係なく誰でも良く、とに角、早く結婚して子どもを産みたいと思っていたようだ。

一見、清純で知的で物腰の柔らかい育ちの良さみたいな雰囲気をもつ由美子には、多くの男性が近づいてくるようだ。それにしても自分に近づいてくる男たちとは、いとも簡単に関係をもってしまうこの女が、私には娼婦のように見えてきたのだ。しかも、私からは個人的に特別手当を出させ、半日出勤という優遇措置を利用していたのである。私の怒りは、ついに爆発してしまったのである。

由美子は私に「私はもう歳だから、今結婚しないと、もう子どもも産めなくなってしまうかもしれない。そうでなくても、35歳を過ぎてしまうと、妊娠しにくくなるので急がないといけないんです」と言う。「もちろんそれくらいのことは私には分かっているが、同年代の男と結婚して多少苦労しても2人で協力して幸せな家庭を築くのが本来の生き方ではないのか、棚ボタ式の幸せを求めるのはどうかな?」と何回か忠告したのだが、彼女は一切聞く耳をもたず、「私は何が何でも、堀川社長と結婚するの」と変える意思はないようだった。

「最近あなたは堀川社長の健康で良い子どもを産むために、酒も一切口にせず、努力しているようだが、今まで何年間もピルを愛用していたのだから、本来ならピルを中止して3年位しないと、自閉症やダウン症、奇形児が産まれる可能性が高いことを知ってるでしょ」と言ったのだが、それに対しては答えず「とに角、早く堀川社長の子どもが欲しいの」と言うだけであった。「それじゃ、ピルはいつから止めたの?」と聞いたところ、「少し前です」という。少し前に止めたばかりなら、その間に、私は勿論、S君、M君、Y君とも関係していたのだから、もし妊娠したら誰の子か分からないのではないかとも思ったのである。そんな話をしている時でも相変わらず、私との関係を断とう、などとは言わないのが不思議でもあった。もちろん私は1年半ほど前に、前立腺の手術をしているので妊娠させる心配はないのだが。

最近は安心して男性と自由にセックスすることを目的に、ピルを愛用したり、避妊リングを入れて予防している女性が増えているようだ。月に1回のピルより、低用量のアフターピルを服用する女性が多くなってきたらしい。しかし、アフターピルといえども100%の有効性はなく、性交後、

24時間以内の服用で95％、72時間以内なら75％の確率で避妊できるというものであるが、副作用など体重の微増、偏頭痛、イライラ、むくみ、嘔吐、膣炎、肝機能障害、血栓症、子宮筋腫、不正出血、乳房の張り、乳房痛、息切れ、全身発赤、眼の痛み、視力の減退、顔や喉の腫れ、乳がんや子宮頸がんなどの発症リスクが高まる可能性があると言われている。

その上、長年使用しているとピルを使わなくなったのに逆に不妊症になってしまったりするらしい。まして、由美子のようについ最近まで10年以上もピルを愛用し、37歳にもなった今は不妊の確率が高くなる上に、仮に妊娠しても自閉症やダウン症、奇形児の産まれる確率が一段と高くなると言われているだけに油断はできない。

もっとも、分かっているのに何年間もピルを愛用してきたのだから、何か不都合なことが起きても自業自得としかいいようがない。既に、2年以上も前から堀川社長と関係しているのに、未だに妊娠していないのだから、将来的には大変不安である。

第2部

第五章

不倫を隠すために上司を警察に突き出した美魔女

11月6日、由美子が退社してから私が1人で近くの料理屋で食事中に、突然、由美子から私の携帯に電話があった。電話の中で彼女は泣いているようだった。私は思わず「どうしたの?」と尋ねたところ、「理事長には大変お世話になったのに、何かとご心配やご迷惑をかけ、申し訳ありません」と言う。私は「それはそうと今どこにいるの?」と尋ねたところ、「1人で会社の近くの喫茶店にいます」と言うのだった。本当は私に何が言いたいのか分からなかったので「じゃ、今から会おうか」と言って近くの別の小料理屋を予約して会うことにしたのだ。彼女は私に向き合いながら涙を流しているので、とりあえず料理を食べるように勧めたのだが、あまり食べようともしない。しばらくして「父が私を昔留学したことのあるアメリカにでも行ってきたらどうだ?」と言うんです。「それはつまり、お父さんとしては、堀川社長と少しでも離れている時間をつくって、もう一度、自分を冷静に見つめ直したらどうかと思って言ったんだろう」「……。」

由美子は返事をせず、しくしく泣いている。本当は何が言いたいのか分からないまま食事が終わったので、帰ることになった。いつもの通り、私は彼女と一緒にタクシーに乗って、自宅まで送って上げることにしたのだ。車内でいつものように手を握り、キッスしようとしたのだが、いつもと違い、口を堅く閉ざしているので少し強引に舌を押し込んだ。でも、やっぱり何か変だ、とその時思ったのである。あとで判ったことであるが、この日、由美子は私に陳謝しつつも、堀川社長との結婚を快く認めてもらおうと泣き落とし戦術に出たのだった。そして、自分と私との関係や他の男たちと関わってきたことを堀川社長に知られまいとする哀願戦術でもあったのだ。

翌々日の8日に、「今日はいつものように、渋谷のホテルに行こう」と誘ったところ、ひとつ返事でうなづいた。私と由美子は会社を早々と3時頃退社して渋谷のホテルに向かった。実は、この時、私は彼女との関係をこの日を最後に断とうと思い、私と彼女の言質をとるために、ボイスレコーダーを隠し持って行ったのだ。2週間ほど前に、私との会話を由美子にテープでとられたので、今回は逆のことをしようとしたのだ。

ただし、前回、彼女は私の了解の下にテープをとったのだが、後で考えてみたら、私が堀川社長のことについて、あれこれ批判めいたことを言ったので、恐らく、あのテープを堀川社長に聞かせたのではないかと考えたのだ。

だったら自分も由美子との関係が分かるような内容を録音しておこうと思ったのである。堀川社長はまだ私と由美子の関係は何もないと思っているに違いないのだから。

由美子が最も恐れているのは、私との長年の関係を知られることなのだ。私はメールで彼女に何回か、この不自然な関係故に堀川社長と結婚することに反対し始めたのだ。

由美子の打算的で、かつ節操のない過去を知るに至り、今まで堀川社長との結婚にある程度は賛同はしていたものの、由美子の隠された不純な過去を知るに至り、私は急遽反対の意思を表明し始めたのである。結婚相手が高齢者であれ、坊主頭で背が彼女より低く、小指のないヤクザ風の男であれ、とりあえず会社の社長で金さえあれば、同年代のサラリーマンより遥かにましである、という彼女の発想そのものが嫌になったのである。

この日、私は2週間ぶりに関係をもち、お互いに燃えたのだが、ひと休みしている時、ベッドのヘッドボードの脇に置いといたボイスレコーダーが偶然にも彼女に見つかってしまったのである。（私は由美子との関係をこの日を最後に断ち、円満に別れ、夜は最後の晩餐をするため、いつも通い馴れた料理屋を予約していたのであった。）

つまり、私はこの日を境に由美子との過去を完全に清算するための条件を、このボイスレコーダーに残しておくつもりであったのだ。例えば、出勤時間の特別優遇措置をなくすこと、特別手当てを中止すること、退職後は、当グループの関係者と連絡を取り合わないこと、今まで知り得た当グループの内部情報を他言しないこと等々を確約させて、証拠として記録に残しておこうと思ったわけである。しかし、由美子は自分と私の関係をこのレコーダーに録音させられて、それを堀川社長に送り届けるのではないかと勘違いをしたようだ。

彼女はそのボイスレコーダーを私から強引に奪い返そうとして、私に跳びかかってきたのである。私たちは2人とも素っ裸のままでいたのだが、レコーダーを右手に握って私が立ち上がって逃げようとしたのだが、彼女は私に抱きついて無理矢理にそれを奪いとろうとしたのである。私は左手1本だけで必死に盗られまいとして、彼女の手をはね除けようとした時に、たまたま由美子の首か、頬に私の手が当たってしまったらしい。彼女は思わず「よくも私を殴ったわね！」と言って、その場で即、110番してしまったのである。

こんな痴話喧嘩で、手が少し当たったぐらいで警察官がここにやって来たとしても、事件になるはずはないと無視していたのだ。そして、そんなにこれが欲しいなら、「くれてやるよ！」と言ってレコーダーを彼女に渡したのである。彼女はそれを手に取るや否や、必死で録音されたものを消していたようだ。そうこうしているうちに、ラブホテルの私たちの部屋に1人の若い警察官がやって来たので、私がドアを開け、警察官を部屋に招き入れたのだ。若い警察官は一瞬拍子抜けした顔で由美子の顔の当たりに眼をやっていたのだが、別に怪我らしいものも見当たらないところから、一旦、部屋の外に出て本署と電話でやり取りをしていたようだ。私と由美子は洋服に着替えて部屋で待っていると、再び先ほどの警察官が現れて、とりあえず2人とも本署に同行してほしい、と言うので、それに従ったのだ。私は軽く事情聴取を受けた後に、すぐに帰されるものと思っていたのだ。とりあえず、近くの交番で待っているとパトカーが2台現れ、私と由美子はそれぞれ別々のパトカーに乗せられて渋谷の本署に向かったのである。本署に着くや否や、私たちは別々の部屋に通され、何と8時間もの長い間、刑事からあれこれと事情聴取されたのである。

私は由美子との関係や、その日の出来事を事細かく説明したのだった。その間、私のバッグの中身は私の見えない場所で一方的に開けられて全てチェックされ、携帯電話まで預かります、と言って持って行かれてしまったのである。その間、トイレに行くにも警察官がついて来て、用がすむまで見張っているのだ。私は夕方の6時から、午前2時まで本署に拘束され、顔写真と指紋などを合わせて何十回もとられ、まるで重要犯罪人扱いであった。手錠こそかけられなかったものの、この屈辱的扱いに心身ともに疲れ果ててしまった。しかも、夕食もとらせてもらえず、水も飲ませてもらえなかったのである。単なる痴話喧嘩で、手が体のどこかに当たったぐらいで、こんな目に遭うとは夢にも想像しなかったのである。そもそも由美子は別の部屋で何時まで事情聴取され、何を喋ったのだろうか？　本署での事情聴取から漸く解放され、家に帰ろうと思ったその時に、生活安全課の刑事が突然やって来て、「おい、おまえ、今度彼女に電話したり、メールをしたら、即、逮捕するぞ！」と脅されたのだ。

私は何の意味か一瞬、理解できず、ボーっとしていたら、「解っているのか？」と、もの凄い剣幕で更に追い込んできたのである。一体、由美子は何を喋ったのか？　一方の話しだけを聴いて、突然私に脅迫ともとれるこの言葉に私は切れそうになりながらも我慢したのであるが、これは明らかに警察官の職権乱用である。（由美子は刑事さんに彼を告訴しますか？と聞かれ、「はい！」と言ったと後で知ったものだ）

翌日の朝、私は昨夜の件を相談するために弁護士事務所を訪ねた。すると弁護士は「あなたは少しも悪くないですよ。むしろ彼女の方にこそ非があります」と言うのだ。「えっ？　それどういうことですか?」と問い質したところ、私がボイスレコーダーを隠していたことは罪にはならず、逆に私のボイスレコーダーを無理矢理に奪い盗ろうとした彼女の方が悪く、ボイスレコーダーを奪われまいとして私が手を振り上げて、たまたま彼女に、その手が当たったとしても、それは正当防衛になると言われた。しかも、ほとんど怪我らしい怪我などしていないので、過剰防衛にもならないと教えられたのだ。「だから仮に告訴されて検察庁に書類が回っても大丈夫です」とのことで、安心したのである。恐らく担当刑事は法律の専門家ではないので、「正当防衛」については考えてはいなかったのであろう。

由美子はその翌日出社すると、ケロッとして「昨晩は何時までかかりましたか?」と他人事のように言うので、腹が立ったものの、あの変な刑事に余計なことを喋ったり、話しかけると逮捕するぞ！と脅かされていたので、黙っているしかなかったのである。由美子の父親は一日も早く東京にいる堀川社長から彼女との距離をとらせようと、当グループの会社を辞めさせ、静岡の実家に暫く預かろうとの考えであったようである。

由美子には、それから一週間後に退職金を払い、当グループを退職してもらった。それは彼女の父親の要請にもよるものだった。それを知らない彼女は「なぜ急に私を辞めさせるのか？」と追求してきたのだが、父親の要請であると言うと黙ってしまったのである。

ところで、由美子の父親は私が親しくしている東京の弁護士事務所に所属する興信所を使って、由美子が結婚するんだと言っている堀川社長の過去や会社の経営状態などを調べてくれ、と頼んできたのだ。その結果は大変なことが判明したのである。

堀川社長は2度離婚しているが、最初の奥さんには2人の子どもがいたが、別れてからは最初の奥さんにも子どもにも嫌われて、20年もの間、一度も会わせてもらっていないらしい。そして、2度目の奥さんとの離婚は由美子が堀川社長とつき合いだして、間もなく離婚したようだ。僅か2年間の結婚生活が破綻した理由は、堀川社長の奥さんに対する暴力が日常的であったこと、更に、奥さんが結婚前に貯めていた500万円の虎の子も、会社の資金繰りに使ってしまったというが、実際にはそれだけではなく、浮気のためにもその金を使っていたらしい。しかも、会社は約1億円ほどの借金だらけで、昨年だけでも2000万円ほどの赤字であったとの興信所の報告があった。子指がなかったのは、堀川社長が実家に逃げ帰っている奥さんを取り戻すために「落とし前」として自らナイフで指を詰め、その指を奥さんの御両親に届け、「是非、娘さんを私に返してほしい」と頼みこんだというのだ。「何と乱暴なことをする男だ。まるでヤクザの仕業みたいだ」とお父さんは嘆いたらしい。

もともと彼女の御両親は一見、ヤクザ風の堀川社長に初めて会ったときから、結婚には猛反対したらしいが、由美子は堀川社長に夢中になり、親の言うことを全く聞かなかったという。がしかし、今になってみると、親の言うことが、ズバリ当たったわけで、離婚はしたものの、結婚している時に使われてしまった５００万円を返済してもらおうと現在、訴訟まで起こしているようだ。金持ちの社長だと由美子は信じ込み、いまだ同棲もせず、入籍もしてないのに子づくりにせっせと励んでいるのだという。

堀川社長が2度目の奥さんと結婚している時に住んでいた東京のマンションは僅か15万円の狭い部屋である。しかも資産は全くない上に、借金だらけで、車さえないという。

堀川社長の2度目の奥さんも、親の反対を押し切って結婚し、金持ちの社長だと思っていたらしい。由美子もまた同じ道を歩んでいる。不自然なカップルであることは、誰が見ても明らかである。37歳にもなって、どうして男を見る眼がないのか不思議でならない。ただ社長であるから金持ちであると、どうして決めつけるのか、最初の奥さんも、2番目の奥さんも、堀川社長と初対面から1年位は、とても良い旦那さんだと思っていたらしい。時間が経つにつれ本性を剥き出す男らしい。

仮に由美子が堀川社長と結婚しても、また同じようになるだろうと誰も疑わない。

由美子の父親は気が狂うほど、おかしくなっているのに、由美子は相変わらず平然として甘い毎日を過ごしているようだ。それにしても、由美子の過去10年間ものアフターピルの乱用と年齢的なことを考えると、子どもを産みたくても妊娠できるか否か難しい上に、仮に妊娠しても健康な赤ちゃんに恵まれる確率は極めて低い。最後に、由美子は結婚して地獄を体験しなければ、私や周囲の者の忠告の意味が分からないのだろう。一部の千鶴子も、二部の由美子も同じく金だけを目当てに男に近づいたことが悲劇を招いた同じ要因であったのだ。

興信所の報告は由美子の父親に送られたので当然、父親はその内容を由美子に報告したのである。そして「こんなにもひどい男なんだから、あの人との結婚は諦めるように」と説得したものの、彼女はそれを受け入れることもなく、「あの人は、本当はとっても優しくて親切で、仕事もよくできるし、会社の経営も安定しているから心配いらない。私は初婚の奥さんや2度目に結婚した奥さんと違います。きっとうまくいきます。別れる気持ちは全くありません」と言ったらしい。

事実、会社を辞めた後、当グループの部長宛にメールを寄こし、「私は元気で子づくりに専念してます」と言ってきた。御両親の承諾もなく、友人、知人に反対されながら、かと言って同棲するわけでもなく、時々会っては子づくりに専念していると言う。堀川社長の最初の奥さんも、2番目の奥さんも最初は彼を信じ、周囲の反対を押し切って「あんなに素晴らしい男性は滅多にいない」と言って、惚れ惚れ状態であったらしい。女を口説くのに、最初から嫌らしい面を見せるような男性はまずいない。しかし、日がたち、月がたち、結婚生活に入ると、徐々に本性を現すのは自然の成り行きである。まして、奥さんが稼いで貯めた虎の子まで手をつけ、それを他の女との遊びにも使ったりするなど、とんでもない男である。仮に由美子が堀川社長と結婚したら恐らく前の奥さんの時と同様に、３、０００万近く貯めた金を、もっともらしい理由をつけて引っ張り出し、使いこんでしまうのではないかと危惧するほどである。男に夢中になっている時は何もかも見えなくなってしまうので、気がついた時は何もかも失ってしまい泣くしかないだろう。

堀川社長は一見、頭が良く、性格も良く見えるだろうが、過去の経歴からして、そんなにお人よしとは思えない。由美子は彼と結婚したら、きっと頭の良い、良い子が授かるだろう、と言っていたが、由美子の年令からしても、また長年アフターピルを常用していた事実もあり、彼女自身もコンタクトレンズを外せば、近くの物が見えないほどのド近眼であるだけに、あまり期待できるものではない。まして堀川社長は彼女よりも５センチほど背が低く、しかも坊主頭が大きいアンバランスな体形だけに心配でもある。

本来、結婚というものは、自分たち２人だけが愛し合い納得すれば良い、というものではなく、親や兄弟、親戚、友人、知人からも羨ましがられるくらいに、多くの人たちから祝福されるべきものである。さんざん世話になった上司まで、自分の不倫を隠すために告訴などして、本当の幸せなど得られるはずがないだろう。11月８日に告訴をした暴力事件は、年を越え、１月になっても５月になっても、そして8ヶ月後の7月になっても検察庁からの呼び出しは一度もなく、8月の中旬になって漸く検察庁から不起訴処分の通知だけが突然届いた。最初から弁護士が言う通りの結末となったのである。

私は逆に腹が立ってきた——正当防衛、名誉毀損で逆告訴しようと思ったが、思いとどまったのである。結果的には、私の弁護士は何もしていなかったのに、不起訴処分となった段階で成功報酬と併せて総額78万円もの弁護士費用を支払ったのである。「身から出た錆」とはいえ、何か割り切れない思いである。

由美子は今年で38歳、相変わらず堀川社長とつき合っているらしいが、既に3年間も子づくりに励んでいるのに未だに妊娠はせず、結婚もしていないという。堀川社長の2人の前妻同様、悲劇の結末が来るのは時間の問題であろう。さんざん世話になった上司の恩義も忘れ、自分の利益と自己防衛のみを繰り返して来た美魔女の結末である。

あれから2年、40歳になった彼女は漸く妊娠したのだが、間もなく流産をしてしまったと私の友人から報告があった。今後妊娠する可能性はさらに難しくなるだろう。

第3部

●第一章●

SM美魔女・奈々との出会い
（奈々の巻）

由美子と別れて3日目の夜の退社後、私は気分転換をしようと1人で街に出た。そして行きつけの寿司屋に入り、カウンターに座ったところ、隣の席に妙齢の上品なご婦人がこちらも1人で静かに酒を飲みつつ、寿司を摘まんでいた。鼻すじの通ったエキゾチックなこの女性に「今日はお1人ですか?」と声をかけた。すると、そのご婦人は「はい、そうです」と応えた。私は思わず「私も1人です」と言って「1杯いかがですか?」と言って空の盃を差し出したところ、「ありがとうございます。では遠慮なく……」と素直に手を出してくれたのである。私はすかさず、「お仕事の帰りですか?」と尋ねたところ、「いいえ、私は今日はお休みなんです」と言う。??今日は木曜日で平日なのに休みだということはどんな仕事なんだろうかと思い、「いつも木曜日はお休みなんですか」と尋ねたところ、「いいえ、お休みは不定期なんです」と答えたのだ。休みが不定期な仕事って何だろう? と思いつつも、それ以上訊くことは失礼になると思い、話題を変えたのだ。

そして私は自分の仕事について話し、年末で忙しいとか、女性の社員を募集中であるなどと話をしたのだが、彼女はあまり関心を示さなかったので、更に話題を変え、「私は以前、米国に住んでいた」とかの話をしたところ、彼女は「実は私も以前イギリスに2年ほど留学していたことがあるの」と返ってきたので、急に共通の話題に花が咲いてしまったのである。彼女は有名な女子大を卒業してから留学をしたこと、結婚して2人の子どもに恵まれたが現在は夫と別居中であること、父親は若くして、ガンで亡くなったこと。母親もまた、ガンで現在療養中であることなど、身の上話になってしまったのである。そこで、私も米国に住んでいる妻とは10年間別居して、20年前に別れたこと、現在、３人目の妻と同居中であるが、既に夫婦の関係は10年以上もないなど、身の上話にすっかり意気投合してしまったのである。寿司屋のカウンターで、いつまでもこんな話ばかりしていても仕方がないので、「場所を変えて飲み直ししませんか」と言ったところ、二つ返事でオーケーになったので、私はすぐに彼女と自分の分をまとめて会計をすませ、外に出たのである。

私たちはタクシーに乗って、バニーガールのいる新宿副都心にある会員制のクラブに向かったのです。クラブに着いて私たちは初めて「乾杯！」の盃を交わしたのだ。まさか今夜、こんな出逢いになるとは夢にも思っていなかったので、内心ドキドキしたものだ。でも子どもが２人もいると言われたので、その子どもたちのことが気になって、「子どもさんたちの今夜の食事は？」と質問したところ、「夕食の用意はしてきましたので、大丈夫です」と言う。「子どもさんのお歳は？」と尋ねたところ、17歳の男の子と20歳の娘がいるとのことに、更にビックリ！　彼女は35歳位に見えたので、まさか子どもがそんなに大きいとは思わなかったのだ。

娘は大学の1年生で、息子は高校の2年生であるという。そして実際の彼女の歳は45歳だとわかった。そんな雑談を1時間半ほどしてから私は「あなたをこのまま帰すのは淋しい。ホテルにでも行かないか？」と誘ったところ、いとも簡単に「私で良ければいいですよ」と言うのだった。

私たちは歌舞伎町のラブホテルに行こうとして「どこかにいいホテルがあるといいが――」と言ったところ、彼女は「私の知っているホテルがあるけど、そこで良ければ行ってみますか？」と言うので、私は更にビックリして「是非そこに行ってみよう」ということになり、タクシーに乗って彼女の知っているというホテルに着いたのだ。知っているホテルがあるということは時々そこに通っているという意味でもある。

誰と行っているのか？ もしかしたら彼氏がいて、それでよくここを使うのか、勝手に想像を巡らせるしかなかった。そのホテルは正面から入るのではなく、駐車場の脇から裏口のドアを開けて入るようになっていた。これは常連の客でＶＩＰと言われる客のための入口であることが後で判ったのだ。エレベーターの向かい側に各部屋の案内板があり、部屋の内部写真と部屋代が表示されていた。利用したい部屋の番号を押すと部屋の番号が表示された紙キレが出てきた。それを手にして、すぐ前のエレベーターに乗って指定した部屋に行くと既に鍵は開いていたのだ。部屋代などは帰る時に部屋の中に設置されてある自動支払機で精算できるようになっているのだった。これならホテルの受付を通さず、誰とも顔を合わせることもなく、すんなりと部屋に入れる。年寄りの私などはラブホテルに入るのは多少抵抗を感じるものだが、これなら誰にも気を使わず、顔を合わせることもなく、すんなりと入れるので大変気に入ったものである。

私は部屋に入るなり、中がどんな状態になっているか、見て回ったのだ。お風呂場は広く、湯舟はゆったりとして腰掛式になっており、正面にはテレビも備えられていた。すぐ隣にはサウナ風呂があり、ガラス戸を開けて表に出ると、滝が流れ落ちている大きな露天風呂があり、そのすぐ脇には、ゆったりと休めるデッキチェアなども置かれていた。露天風呂の周囲は緑鮮やかな植木や竹の木で囲まれている。有名な温泉にでも行って露天風呂に浸っているような気分になる。

ベッドルームも広く、大型のテレビが備えつけられており、カラオケのセットやＤＶＤまで設置されている。天井と周囲は鏡張りになっている。

彼女は私に向かって「気に入りましたか？」と訊いたので、「もちろん。最高です」と言い、ところで、「あなたの名前は？」と尋ねたところ、「奈々です」という。

ついでに「あなたの仕事は？」と聞いたところ、笑っているだけで答えようとはしない。私の仕事については既に説明してあったので、今更話すこともないので、「じゃ、まず一緒にお風呂にでも入りましょう！」と言ったところ、すんなりと「そうしましょう」というのだった。私たちは抱き合うようにして湯に浸りながら、ただ黙っているだけだった。

だいぶ汗をかいたので、２人とも湯から上がり裸のままベッドに横たわったのだ。

すると、その時、私は彼女の体の一部分に赤い痣のようなものを見つけたのだ。乳房の下側の横に十数センチ赤くこすれた感じの傷のようなものが気になったのだ。ブラジャーをきつく締めつけても、まさかこんなにはならないだろうと思いながらも、「この傷、どうしたの？」と聞いたのだ。すると彼女は「ブラジャーをきつく締め過ぎちゃったのかな」と言う。私は彼女の体をあちこちと愛撫しながら徐々に下半身まで手を伸ばしたのだ。

するとまたも陰部の一部分に赤い擦り傷のようなものを見つけたのだ。どうしてこんな所に傷がつくのだろうか？　不審に思いながら、彼女の体を裏返しにしたのだ。すると背中の一部分に乳房の下側にあったのと同じような赤い擦り傷を見つけたのだった。それだけではなく、臀部は全体が薄紅くなり、一部分が青紫になっているのが、はっきりと見えるのだった。これは明らかに何かで叩かれた後の傷であることがはっきりしたのだ。

そこで私は彼女に「正直に言いなさい。これは誰かに叩かれた跡ではないの？」と言ったところ、彼女は「実はそうなんです」と応えたのだ。臀部をこれだけ叩かれ、胸と背中に傷を負った状態は尋常ではない……しかも腕の辺りをよく見ると両腕とも縛られた跡のような赤い傷が残っていたのだ。さらに脚の部分も何ヵ所か同じような傷があったのに驚き、「あなたは、これ、誰かに縛られたり、叩かれたりしたんではないの？」と訊いたところ、さすが彼女も「実はそうなんです」と素直に認めたのである。「一体、誰がこんなことをしたの？」と訊いたところ、「お客さんにされたんです」という。お客？　どんな客だろうか？　奈々は平日の今日、仕事は休みだと言った。もし普通の水商売なら平日休みになるはずがない。もしかしたらこの人はプロのＳＭ嬢ではないかと思い問い詰めたところ、今度は正直に『実は私はプロのＳＭ嬢です』と応えたのだ。やっぱりそうだったのか！何か変だな?と思いつつも、本人が自分から言うまで問い詰めようとはしなかったのだが、体の至る所に、その証拠があったので、今更隠しても仕方がないと思ったのだろう。

それにしても、こんなにも華奢で綺麗な肌を傷めつけられるほどプロのＳＭの世界は厳しいものなのか。一体、奈々本人はどんなふうに思っているのか、こんなことが好きなのか、嫌いなのか、こんなことを何年やっているのか訊いてみたのだ。すると本人は「嫌いではありません。でも、傷をつけられるのは決して嬉しくありません」というのだ。そんなことは当たり前のことだ。

そして、この仕事を5年間もやっているという。でも、あと1カ月で、この仕事を辞める予定だというのだった。私は思わず「それは良かった。安心したよ」と言ったのだ。「ところで、どうして辞めることにしたの?」と尋ねたところ、子どもが大学に入るための教育費も何とか貯金できたし、当分の生活には困らないので」と言うのだった。私は彼女とのセックスも忘れて、いろいろと質問したのだ。

気がついたら、もう既に3時間近くも経っている。延長さえすれば、まだ部屋は利用できるのだが、何となくその気力も欲望もなくなってしまったので、チェックアウトをすることにした。

何をするためにここに来たのか――分かってはいるが精神的にも肉体的にも萎えてしまったので、

また近いうちに会うことを約束して、その日はそれで別れたのである。

それから数日後、私は奈々と再会した。この日は奈々にとって、SMクラブは非番だったからである。その日はたまたま土曜日であったので、3時頃に会うことにしたのである。食事をするにはまだ早いので、直接ホテルに行くことにしたのだが、今回はどのホテルがいいだろうかと迷っていたところ、こんどは彼女の方から麻布のAホテルに行ってみませんか?と誘われたのである。そのホテルこそ、SM専門の有名なホテルで、第一部の千鶴子にも誘われて初めて行って知った同じホテルでもある。もしかしたら奈々は私をこのホテルに連れて行ってSMの手ほどきでもしようかと思っているのではないか、SMプレイがよほど好きでなければ、自分の方から誘ってくるなど考えられないからである。私はこのホテルがどんなホテルで、どんな装備がしてあり、どんな小道具が置いてあるかを知っていたが、初めての「ふり」をして彼女の言うなりにタクシーで麻布に向かったのである。奈々は運転手に細かく道案内をしている。ホテルに着いて受付に行くと、受付のおばさんが各部屋の写真付きガイドブックを見せ、「お好きな部屋を選んでください」と言う。受付の反対側を見ると空き部屋には部屋の一部分を写した写真がある。私は何となく恥ずかしくなって、空いている部屋ならどこでもいいから、早く部屋に入りたいと思ったのだが、奈々が「この部屋は、こんな設備があって、こんな小道具があるの」と解説を始めるので、私は余計に恥ずかしく思い、とりあえず部屋代の高い所の番号を押し、受付で鍵を受け取って早々にエレベーターに乗ったのだ。

　私と奈々は自分たちの部屋に入り、ひと休みしてから奈々が風呂場に行って湯を溜めている――

私は服を脱ぎながら部屋の中を見回した。部屋の壁側には何本かの鎖が天井からぶら下がっており、その下には産婦人科の診察台のようなベッドがあり、その脇には三角馬が置いてあった。こんなに細く切り立っている木馬に股がったら陰部が切れてしまうのではないかと思ったものだ。

　左側の壁には十字架があり、手枷、足枷が取り付けてある。右側の壁には手錠、鞭、荒縄、ボールギャグ、眼帯、マスク、スパンキングラケット、バイブレーター、洗濯ばさみなどが架けてある。ガラス棚の中を覗くと、ゴム製の細長い浣腸器、陰部を拡張するクスコ、尿道に差し込む吸引式のポンプ、乳首や陰部を吸引する吸盤状のものなどまで置いてある。隣の部屋を覗くと、鉄格子の刑務所のような檻があり、別のＳＭ用のベッドが用意されていた。

　トイレにはドアはなく、昔風の和式のトイレがあり、お風呂場との境はガラス張りで中が見えるようになっている。

　奈々も裸になったので、２人でお風呂に入った。彼女の陰部は見事に剃毛してあった。前回は体中の傷や痣に驚いてばかりで、奈々の陰部がパイパン状態にあるのを今、知ったばかりである。でも先日あった痣や傷はかなり薄くはなっていたが、まだ完全に消えてはいなかった。

湯から上がったあと、私は何をして良いのか分からないので、とりあえずベッドに横たわった。正面にテレビがあり、SMビデオが7、8本置いてある。その中の好きな物を選んで観ることにした。2人でベッドに入ったまま、ビデオを観ている時に奈々が私の下半身に手を伸ばしてきたので、私も彼女の乳房や下半身に触れてみた。すると彼女は私の体にしがみついてきた。でも私としてはSM嬢の奈々に対し、最初はどのように触れ、扱ったらいいのか分からなかったので、正直に聞いてみたのだ。「奈々、本当はあなたはどうして欲しいの？」と。すると彼女は「何でもいいから、したいことをしたらいいの」と言うのだ。

本来、SM嬢というのは客に呼ばれると、SM道具一式を抱えて客の待つホテルに行って、自分が持参した道具を一通り並べて、客はその中から好きな物を選んでプレイに及ぶらしい。しかし今日は非番なのでSM道具は店に置いてきているので手ぶらだということであった。何でも好きなことを私にやっていいと言われても私には特にSMの趣向があるわけではないので戸惑ってしまったのだ。そこで私は「奈々、あなたは本当はどんなことが好きなの？　何をして欲しいの？」と尋ねたところ、「最初に浣腸なんかしてみない？」と言う。いきなり浣腸と言われ、私は驚いたのだが、長いゴム管でできた浣腸器がガラス棚に置いてあるのを思いだし、やってみることにしたのだ。

私は一度だけSMのDVDを観たことがあったので、それを思いだし早速、それをやってみることにしたのだ。まずお風呂場に行って、最初、ぬるめのお湯を洗面器に入れ、浣腸器を奈々のアナルに差し入れ、ゴム管の真ん中にある丸い部分をポンプのように握っては離し、空気を入れたり出したりしながらお湯を送り込んだのだ。

洗面器の中のお湯が半分以上なくなりかけた頃、「危（ヤバ）い！もうすぐ出そう」と言うので私は慌ててゴム管を抜き取り、トイレに行ってもらおうとしたら、「ここで出してしまってもいい？」と言うので仕方なく、「いいよ！」と言うと同時にアナルからウンチと水が吹き出て洗い場に飛び散ってしまったのだ。私は驚いて、少し離れたところから、それを見つめているしかなかった。

それから間もなくしてシャワーで洗い場の汚物を流したのだが、ほどなくして奈々は「仕上げにもう一度浣腸して」と言うのだ。つまり直腸内の汚物を全部洗い流そうということだったのだ。こんな浣腸をするだけで快感が得られるのだろうか？　不思議に思って訊いてみたところ、実は浣腸そのものが目的ではなくアナルセックスをするための準備段階であることが判ったのだ。しかし、私はまだアナルセックスの経験は少ないので少し心配になった。でもここまで来たら、いきなりアナルセックスというより、他に何かしたいことがないか聞いたところ、荒縄で縛られるのが好きだ、ということなので、やってみることにしたのだ。

とりあえず、乳房の上下を縄で縛り、次に両手を後手に縛り、次はウェストの辺りから股下を通して腰の縄に結びつけた。ただこれだけでは物足りない感じがしたので、奈々をベッドに寝かせ、両脚を折り曲げて縛り、軽く鞭打ちをしてやったところ、思わず嬌声を上げたので、こんなことが好きなのか？と思ったが、やっている私の方は別に快感を感ずるわけでもない。そこで次は何にしようかと思ったが、小道具は色々とあるものの、何をしていいか分からないで暫くボーッとしていると「ローソクでもやってみます？」と奈々が言うので、「えッ？　ローソク？」「そんなのここにはないじゃないの」と言うと「フロントに電話して頼めば持って来てくれますよ」と言う。

このホテルについて余りに詳しく、馴れた状態の奈々に少々気持ちが引き気味になったが、いっそのこと、それほどローソク炙りが好きならやってやろうと思ったが、フロントに電話すること自体が恥ずかしいので、一瞬戸惑っていると奈々が「私が電話します」と言って、フロントに電話をしたのだ。すると間もなくドアがノックされ、ボーイさんがローソクとビニールマット一式を届けてくれたのだ。私は荒縄で縛ったままの奈々を抱きかかえて、マットの上に寝かしたのだ。そして、眼は見えないように眼帯をしてやったのである。

赤いローソクは白いローソクと違って低温らしく、それほど熱くはないらしい。私はローソクに火を付け、乳房、乳首、お腹、おへそ、大腿部、脚、足裏とローソクを垂らしながら彼女の反応を見ていた。熱い！熱いを連発していたが、それは嫌がっているのではなく、自然の反応であることが解った。

ほとんど全身にローソクを垂らしたが、ただ肝腎な局所（クリストス）だけは避けていたが、とどめにここに2滴ほど垂らしたところ、ギャーと言って半ば意識を失った状態になってしまった。そこで「熱かった？　ごめん」と言ったところ、「イッてしまったの！」とのことだった。つまり、瞬間的にエクスタシーに達してしまったらしい。私は彼女がローソクプレイをやってみようかという理由がこれで解ったのだ。

私は荒縄を解き、肌にこびりついているローソクを取り除き、再度、一緒に入浴したのだ。先ほどから色々なプレイをしてきたが、まだ肉体関係にまでは至っていない。前回も何もせずに別れてしまったので、今日こそ、何とかやり遂げなければ……と思っていたのだ。

風呂から上がって、再びベッドに戻ったとき、私は奈々に「あなたは普段どのように避妊しているの？」と聞いたところ、「別に何もしてません」「えッ、それどういうこと？」「私はＩＵＤ（避妊リング）を装着してあるから大丈夫なんです」私は「あっ、そう」と言うだけで返す言葉もなかった。「コンドームは使ったことはないの？」「ありません」と答えた。「それじゃ、エイズなどの性病が心配にならないんですか？」「心配にならないことはないんですが……お客様がコンドームを嫌がるので――」「性病の定期検査などしていますか？」「いいえ、何となく行きにくくて――」

何といい加減な女なんだろう。私は自分自身も何か変な病気をうつされなければいいがと思ったほどである。話が中断した時、私はそっと奈々の体に触れ始めたのだ。乳房は大きくも小さくもないが、歳のせいか、かなり軟らかくなって少したるんでいる。下半身に触ると少しザラッとした感触が伝わってくる。剃毛して2、3日は経っているのだろう。奥の方にもそっと指を差し入れてみたら、かなり湿った感じがした。

私は思い切ってお布団をはね除け彼女の乳首に吸いついた。それから舌を使って徐々に下の方へ移動し、クリトリスを愛撫してみた。すると彼女は思わず大きな嬌声を張りあげたのだ。奈々は5年間もの間、SM嬢としてほとんど毎日、3~4人の男とセックスの前戯としてのSMプレイを楽しみ、最後には肉体関係に及ぶらしい。そして1人のお客と性交渉をしている間に、少なくとも3~4回はエクスタシーに昇ぼりつめているという。ということは1日に3~4人の客との間に少なくとも十数回はイッてることになる。今日は非番で私一人だから、何回位いくのだろうか。ふとそんなことを思いながら、私は初めて彼女の中に、ゆっくりと挿入したのだ。二人も子どもを産み、5年間に延べ数千人もの男たちと関係している割に、意外に締りのいいのに驚いたのだ。いや、むしろ、しっかりと使いこんでいたからこそ、鍛えられて筋萎縮症にもならずにいたのではないのだろうか。私が上になったり、下になったり、横になったり、いろいろと角度や体位を変えている間に、彼女は既に3回はエクスタシーに達している。暫くしたら、彼女が「ネエ！アナルにしてみる?」と言ってきたのだ。

私は2回ほど経験したことがあるので、全く興味がなかったわけでもないので、「あなたさえ良ければぜひ！」と言ったのだ。つまり、浣腸をしたのは、そのための準備でもあったのだ。「入るのかな？　痛くないのかな？」と私は独り言のように言った記憶がある。彼女は「大丈夫よ！　ホラ、このジェリーをアナルに塗って……」と言って小さなプラスチックの容器に入ったものを私に手渡してくれたのだ。私は早速、それを奈々のアナルに塗り込み、指で奥の方まですり込んだのである。

そんな作業をしているうちに私のペニスがなぜか萎えてきてしまったので、自信喪失していると今度は彼女が、それを口に喰わえ込んで大きくしてくれたので、それをまずプッシーに入れ、再び元気になったので、初めてアナルへの挑戦をはかったのである。しかし、こればかりは滑ってしまい、なかなか思うようにいかない。すると彼女が自分で手を添えて私の一物をアナルに導いてくれたのだ。プッシーよりはかなり締りが良く、感度も悪くない。何回か腰を使っているうちに、奈々は、アナルでもエクスタシーに昇りつめてしまったのだ。

私は驚いて一旦ペニスを抜きとってしまった……すると、彼女が「いや、抜かないで！」というので慌てて、再度挿入したところ、間違ってプッシーの中に滑り込んでしまったのだ。でも自分ではアナルに挿入したつもりでいたのだが、間違って滑って入ってしまったらしい。私としては締り具合もアナルに似た感じだったので、一応満足していたのだった。そこで、再度アナルに挑戦したところ、今度は最初の時より、すんなりと入ったのだ。そして、しばらくすると奈々はまたもイッてしまった。

私もそろそろ、イカなければと思い頑張ったのだが、焦っていたせいか、なかなか思うようにいかない。そこで刺激と感度を変えるために、アナルとプッシーの中に交互に出し入れを試みた。すると、私自身もかなり興奮して思わずイッてしまったのである。

あとで冷静になって考えてみたら、奈々はローソクで1回、プッシーで3回、アナルで2回、合計6回もエクスタシーを味わっていたのだ。それに対し男の私はたった1回だけである。何となく、奈々が羨ましくさえ思えたほどである。今夜は、私1人だけだが、普通の日は、3、4人を相手にして、1人平均4回としても、3人なら12回、4人なら16回も一晩でイッていることになる。しかも彼女は45歳の中年である。「女の性」が少々羨ましくも思えたものである。

私と奈々は再びシャワーを浴び麻布の寿司屋に足を運んだのである。そして、次回、また会う日時を約束して別れたのだ。別れ際に私は5万円をティッシュに包んで、そっと渡して上げたのだ。非番でない日に彼女を3時間貸し切れば、10万円はかかるが、店側と折半なので、実質的には5万円が収入となる。非番の日でも、5万円の臨時収入があるので悪くないはずである。彼女は特に遠慮するわけでもなく素直に「ありがとう」と言って受け取ったのだ。もしかしたら、奈々は時々、非番の日に、こうして誰かと関係し、小遣いを稼いでいるのかもしれない。
私は彼女の性癖に驚きながらも、なぜか心が惹き寄せられるのを感じたものである。

第3部

●第二章●

SMクラブを辞めた美魔女

次のデートは丁度彼女がＳＭクラブを辞めた翌日の29日と決まった。これで来年からは彼女を一人占めできるものと悦んで1月の4日には2人で谷川温泉に泊まりがけで行く約束をしたのである。

29日は新宿の歌舞伎町のホテルに行くこととなったが、奈々が今度は麻布のＳＭホテルほどではないが、新宿のＳＭ式の部屋のあるホテルに行ってみようということになり、そこに行ってみたのだ。大した装備はなかったが、ベッドに縛りつけることができるようにベッドの4カ所に留め金がつけてあり、刑務所の檻のような鉄格子の壁があった。私は奈々が縛られるのが大好きであることを知っていたので、この網のような鉄格子に彼女を縛りつけたのだ。その上から鞭で軽く叩いてやると例によって悦びの嬌声を上げるのだった。しかし、私は痣や傷がつくほど強く縛ったり、叩くのは苦手なので、軽く叩くようにしたのだ。本当は、もっと強く叩かれたいらしいが、傷跡が残るのだけは困るということを言っていたので、できるだけ軽く叩くことにしたのだ。

それにしても麻布のホテルとは余りに格段の差があり、これ以上ＳＭプレイに興じることはしなかったのだが、今年の年貢の納め、とばかりベッドでは思いきり、いくつかの小道具を駆使して、彼女を悦ばせたのである。これで彼女は十分満足したようだったので、再び湯に浸ってからホテルを出て美味しいイタリアン料理の店に向かったのである。

食事をしながら私は奈々に「あなたはいつ頃からＳＭに興味をもち始めたのか？」と訊いたところ、

「学生時代ではないかな！」と言う。彼女はその頃から**被レイプ願望**があり、**電車の中で痴漢に遭うことを期待していた**というのだ。いくら時代が変わったとはいえ、この女の異常な性癖には、ただ驚くばかりだった。

　お正月の4日に私は奈々と谷川温泉に車で向かった。途中の雪景色に感動しながら宿に着いて、部屋付きの露天風呂に入った。眼下に見下ろす谷川の雪景色に心を奪われつつ、私と奈々は将来の人生設計について語り合った。まず過去5年間のＳＭ生活から綺麗に足を洗うこと、そのためには新たな仕事に就いて普通の社会生活に戻るために、それなりの努力をしなければならないことなどを話し合ったのだ。しかし奈々の言葉からはそれらしき覚悟のような返事がなかったのが気がかりであった。

　奈々はしばらくの間は、仕事をせず、趣味でもあるベリーダンスやジャズダンスに没頭してみたいというのだ。趣味や健康のためにダンスに通うのは決して悪くはないが、朝から晩までダンスに明け暮れるわけではないから少しは社会復帰のための勉強や習いごとなどしてみてはどうか、と言ったのだが、いまひとつ反応がよくない。45歳にもなってプロのダンサーになるわけでもなく、スナックを経営するとか、クラブのホステスなどになる気もないという。この女はこれからどうするのか、どうやって生活をしていくのか、ＳＭ時代に貯めた貯金はそれなりにあるだろうが、いつまでも働かずにいたら2人の子どもを養い、末期ガンの母親を抱えて生活することなどできないはずである。

露天風呂から出て間もなく私たちは部屋で夕食をとった。食事をしながら雑談をしていると、奈々が突然「実は私には10歳も年下の彼氏がいるの」と言いだしたのだ。私は「その彼氏とは何年つき合っているのか、結婚する気があるのか」と尋ねたのだ。すると「10年ほどつき合っている」という。しかし、結婚する気はないという。「それじゃ、その彼氏は、あなたが5年間もの間、SM嬢として働いていたことを知っていたの?」と訊いたところ「もちろん、知っています」と言う。私は一瞬言葉に詰まったが「あのSM嬢っていうけど、あれは一種の変態で高級売春婦のことを言うんだよ」

「……」奈々は返事に窮していた。

本来SMプレイはセックスのための変態な前戯である。SMプレイだけを楽しんで終わるケースなどほとんどなく、最終的には必ず性交に至るための少々乱暴な前戯でもあるのだ。しかも、ソープランドやデリヘルス嬢よりも高い金を払ってやるので、高級売春婦でもある。奈々はSM嬢としてのSMプレイは高級な少々荒っぽいプレイであって、結果としては男女の関係に及ぶが、それはお客に対するサービスだと考えていたらしい。「あなたのしてきたことは売春という犯罪なんだよ」と改めて言い返したのだ。「お金をもらわずに男女がSMプレイを楽しむ分には別に問題にはならないが……」「あなたはSMクラブに所属して客の要望に従って何でもやってきたんでしょう!」「店側は敢えてセックスは表面上強制していないだけで、実際には客の要求に従うように言われているはずだよ」

奈々はＳＭが実際には高級な売春で、犯罪なんだと言われたのは初めてらしい。こんなことは常識的に分かっていたものと思っていたのだが、本人はＳＭプレイが大好きであり、勿論セックスも大好きなのだが、いちいちそのようなことは考えていなかったようだ。

私たちの会話が少し白けてしまったので私は別の話に戻し、「あなたの生活を安定させるために、毎月、最低30万円のお小遣いをあげよう」と言って、その場でお金を渡したのだ。彼女は遠慮するかと思ったが、意外にも素直にそれを受け取ったのだ。

「ところで、あなたの彼氏は、あなたにお金をくれるの？」と尋ねたところ、「いえ、全くお金は頂いていません」という。

「彼氏はあくまでも彼氏であって、私にとっては生き甲斐なんです」「1週間に一度くらい会って、一緒に食事をしますが全て彼が払ってくれます。もちろん、ホテル代も彼が払ってくれます」と言うのだ。「どちらかと言うと、ＳＭの客は中高年者が多いが、彼は若いし、いろいろと私の話をきいてくれて、アドバイスもしてくれるの」という。でも私からしてみれば、本当に親身になってアドバイスをしてくれる人なら、ＳＭ嬢として働いていることに反対するはずだし、生活費の面倒もみてくれてもおかしくないが、普通のサラリーマンだから、そんなことはできるはずもない。恐らく、定期的にタダでセックスの処理をさせてもらえるので、愛しているフリだけして奈々を利用するだけ利用しているはずである。

いずれ本当に愛する彼女が現れたら奈々は捨てられるものと思った。それでもSM嬢として普通の女性より金を稼いでいるので、悪い奴ならヒモ的な存在になってもおかしくないが、それをしないだけでも、この男はましな方ではないかと思ったものだ。

「ところで、あなたは何も働かないでいつまでこんな状態を続けるの」と聞いたところ、「5月にはダンスの発表会があるのでそれまで」と言う。長いSM売春生活から脱け出し、しばらくはダンスに没頭して、過去を忘れようとしているのだろうか? そこで私は「じゃ、ダンスの発表会が終わったら、何か仕事をするんだろう?」と言ったところ、「そのつもりです。でも私は普通のOLができるパソコンなども、ほとんどまともに出来ないので……どんな仕事が合うのか、今のところは特に何も考えていません」と言う。何といい加減な女だろう、と思いつつも、私は彼女の天然ともいえるノー天気なところ、どちらかと言えば穏やかな性格で、決して他人の悪口は言わないところが凄く気にいっていたのだ。

温泉から戻ってからも、奈々は毎日のようにダンスに通い続けていた。私と奈々は最低週に1回、多い時は2回ぐらいデートをしていた。

デートをする日はダンスを休むわけではなく、朝の10時から1回、午後に1～2回のレッスンを終えてから夜、私とデートをするのだった。そんなある日の夜、デートをしてから彼女はタクシーで帰ったのだが、タクシーの中に手袋を置き忘れてしまったという。そこで私は次のデートの日にデパートで待ち合わせ、彼女にブランド物の高級手袋、15万円ほどするものを買い与えたのだ。彼女はこの手袋が大層気に入り大歓びしたのだった。それから1週間後のデートの日に、今度は奈々のために最新のパソコンのフルセット（約15万円）を買い与えたのだ。これで時間のある時は少しずつ習うように言ったのだ。もともとダンス以外に何もしていないので、時間はあり余るほどあるはずだから、短期間である程度はマスターできるのではないかと思ったのだ。しかし、それから何日経ってもパソコンが少しは上達したという話はなかった。

ある日、私は彼女がＳＭ時代に店側から1回でも関係した客に対しては次回からは自分から客宛にメールなり電話をして客をとるように指導されていたことを知り、ＳＭを辞めた今でも客の方から誘いがあるか、場合によっては自分からも連絡をして客をとっているのではないかと思ったのだ。

そこで私はプロのＳＭ嬢を辞めたのに、その当時の電話番号を今でも使っていることが気になり、「この際、新しい電話番号に変えなさい」と言ったのだが、その後、何日経っても、電話番号を変えることなく従来通りのままであった。もしも今でも当時の客を取っているようであれば、私の存在は一体何だろう?と考えたのだ。しかも、若い彼氏とは週に1回ぐらいは会っているようだ。

そこで私は奈々に次のように言ったのだ。

「若い彼氏がそんなにも好きなら、私と別れようか」と。「それとも、私と彼のどちらかを選ぶべきではないか」と言ったのだ。

するとと彼女は「あなたのことは、とても好きです。でも私にとって彼氏は生き甲斐なんです。どうしても、どちらかを選べというなら、残念ですが、彼を選びます」と言ってきたのだ。つまり事実上、私はふられてしまったのだ。

その時、私が思ったことは、彼女にとって彼氏は確かに好きで、生き甲斐なのかもしれないが、生活費の面倒など一切みていないし、ただ会えばセックスをしたり、食事を一緒にするだけで、利用されていることだけは間違いないと思ったのだ。でも彼女が毎月30万円の小遣いを上げている私より若い彼氏を選んでも生活が成り立つということは、やはり他に何らかの収入があるからこそ、私と別れる気持ちになったのだろう。他の収入といえば、かつてのSM客と連絡をとり合って関係していることだけは間違いないと思ったのだ。

SM時代なら週に4、5日、1日平均3、4人の客をとっていたのだから、辞めた後でも客を取れば店側に払う必要がないのでSM売春料の少なくとも半分は入る計算になる。とすれば、週に2、3人を相手にするだけでも週に10万円以上の収入になり、1カ月に35万円から45万円位の稼ぎができるので、私と別れても別に生活費の心配はないはずだ。しかも、SMの現役時代は午後の1時から出勤して客待ちをしていたが、今は昼間、ダンスの合い間に客をとることもできるし、昼間ダンスをして、夜、客をとることも可能なのだ。奈々にとって、自分の好きなダンスの合い間に、好きなＳＭプレイに興じ、好きなセックスをすることは何の苦痛もなく、むしろ歓びの方が大きいはずである。そんなことも知らず、私は毎月、30万円のお小遣いを上げているのだから、彼女にしてみれば、毎月60万円〜70万円位の収入があるので、優雅な生活ができるわけである。

私はとんでもない女を好きになり、無駄な金を与えたものだと後悔したのだ。しかし、それから間もなくして、彼女から「彼氏とは別れました」とのメールが入ったのだ。私は思わず悦んで、10日ぶりにデートをしたのだ。

彼女が以前より燃えたのには驚くしかなかった。恐らく、彼氏には新しい若い彼女ができ結婚することにでもなったのだろう。今考えてみたら、1月の後半から2月頃にかけて彼氏とは余り会っていないようなことを言っていたが、それは事実だったようだ。彼氏にしてみれば、奈々のような薄汚れた中年の売春婦に金を使ってデートするより、若い彼女の方が新鮮でいいに決まっている。結局は私が思っていた通りの結果になっただけの話である。

私と奈々は僅か10日間ほどの間、別れていたが、またもとの鞘に収まってしまったのである。私は自分でも自分が情けない奴だと思いながらも奈々との復縁には、それなりに満足したのだ。自分が思っていた通り若い彼氏は奈々を次の彼女ができるまでの繋ぎのセックスフレンドとしか考えていなかったことがはっきりしたからであった。それでも彼女がいまだに電話番号を変えずにいることが気になったので、「どうして電話番号を変えないの？」と問い質したところ、「以前の客からメールや電話がきても私は出ないで無視しているから大丈夫なの」と言う。そこで私は「それはかえって良くないよ。私はもうあの仕事は辞めたので、折角ですが、もうお相手することはできません」とはっきりとお断りする方が常識的で親切ではないかと言ったのだ。すると彼女は「そうかもしれません」と言うのだが、その後も電話番号は変えずにそのままであった。

それから5月になり、奈々はダンスの発表会があるとかで何枚かの観覧券をノルマとして与えられたというので、私はそれを全て買い取り知り合いや友人に分けてあげたのだ。

そして、発表会には何人かの友人と知り合い5人ほどを連れて見に行ったのです。素人のダンスとは思えないほど見事なショーに感動し、見終わった後は彼女を含め6人で近くのレストランへ食事に行ったのだ。

その時、一緒に行った1人の女性が酒を飲み、酔うにつれ妙なことを言いだしたのだ。

そして突然、「私はSM女優なんです」と言うのだ。「えッ？　SM女優？　それどういう意味？」「私はSMショーに出たり、SMのDVDにも時々出演しているんです」と言う。私は驚いて、「そんなこと、大きい声で言うもんじゃないよ」と言ったところ、「だって、それ事実だし、私はその仕事に誇りをもっているの」と言う。

私は他のテーブルの友人や知人に知られないように、「その話は今日はこれまでにして、また日を改めて会いましょう」と言ってその場は事なきを得たのだ。この女はもしかしたら奈々の知り合いなのか？　と思って、あとで彼女に聞いたところ、「いいえ、私の知り合いではありません」と言うのだった。そこで今日、彼女を誘った友人にそのことを尋ねると、「自分も詳しくは知らないが、何かそちらの関係の仕事をしていると聞いたことがある」というのだった。

ダンスの発表会が終わったので私は奈々に「そろそろ、ちゃんとした仕事をした方がいいのではないか」と言ったところ、「そうですね。でも何をしたらいいか分からないの」と言う。

私は奈々に買って上げたパソコンの練習をもっとして、普通の会社で働けるようにしてほしい」と言ったのだ。有名大学を卒業していながら、ほとんど今日まで雑用のアルバイトばかりして、ついこの間までは5年間もSM売春婦をして働いてきたこの女の将来、前途は多難だと思うしかなかった。

そこで私は彼女にある提案をしたのだ。「私の関連会社で、特殊な健康診断の分析器があるのだが、そのオペレーターになってみないか」と言ったのだ。すると彼女は「私はパソコンを始め、機械ものは苦手です」という。そう言えば、まだパソコンすらマスターできていない彼女には無理かな、と思いつつも、半年位、訓練すれば何とかなるのではないかと思い、「大丈夫だよ、とにかく、その機械に一度触れてみてほしい」と言って、近日中に私の関連会社に来てもらうことにしたのである。

奈々が私の関連会社に始めて出社したのが、朝の10時半であった。一般社員は9時に出勤しているのだが、彼女は朝起きると、2人の子どもたちのために夕食の準備をし、高校生の息子のために、お弁当を作り、掃除、洗濯などをしてから出勤するので、どうしても10時半から11時頃になってしまうと言う。もっとも給料を払うわけではないし、特殊な機械のオペレータとして練習するだけなので、私はその我儘を許すことにしたのだ。ほかの社員は子どもがいても、全て同じことをして、9時に出勤しているが、奈々は毎晩遅くまでダンスの練習をしているので、帰宅するとすぐ寝てしまうらしい。

初めてこの特殊な機器に触れた奈々は意外にも面白いと思ったようだ。もちろん、直ぐに使えるわけではないが、慣れたら自分でもある程度はできると思ったらしい。私は同時にパソコンの練習もするように言ったのだが、この方は逆に馴染めないでいるようだった。私は簡単な原稿を奈々に渡して、これを打ってみてくれ、と言って渡したが、3カ月たっても、それが戻ってくることはなかった。今時、どうして誰にでもできるパソコンがこれほど苦手なのか不思議でならなかった。

それでも私は奈々が、こうして昼のまともな仕事を体得するために会社に通って来ている事に、それなりに満足していたのだ。

そんなある日、「私はＳＭ女優なんです」と言っていた由香から電話が来て一度会いたいと言ってきたのだ。私はその日の夜、奈々を伴って由香と３人で食事をしたのだ。

そこで彼女から驚くべきことを教えられたのだ。彼女の歳は現在25歳で学生時代から、ＳＭに興味があり、できることなら大学を卒業後、プロのＳＭ女優になりたいと思っていたというのだ。しかも由香はＳＭと言ってもかなりの変態で特にウンチに関するスカトロが好きだという。食事をしながらこんな話を平然とする彼女はやはり変態なんだな、と思いつつも黙って聞いてみることにしたのだ。

スカトロと言っても色々とあるが、彼女はウンチを食べるのが好きで、それをトーストに塗って食べたり、他の男に食べさせたりもするという。また他人のオシッコを呑んだり、自分のオシッコを焼酎で割って呑んだりもするという。さらに驚いたことは生理時の経血を客の前で紅茶代わりにして呑むこともあるという。もっと驚いたことは生きたままのゴキブリを30匹ほど、生のまま食べたり、ミミズや豚のオチンチンも生で食べるというのだ。変わったことと言えば、大勢の観客の前で額に爪楊枝を何本か突き刺して見せるという。思っているほど痛くはないし、傷もほとんど残らないという。

ＳＭショーの時、自分のウンチを頭から顔、全身に塗りたくることもあるという。本人が言うにはこれはドロンコ美容みたいなもので肌が綺麗になると嘘ぶいたものだ。そして自分の肌がいかに綺麗か一度見てほしいとも言うのだ。こんなに可愛い顔をして何て凄いことを言うのだろう。私と奈々は余りのショックに食欲すらなくなってしまい帰ることにしたのだ。

それから10日ほどして私は沖縄へ出張することになり、奈々を連れて行こうとしていたのだが、奈々は急用ができたということで代わりにＳＭ女優の由香を連れていくことにしたのだ。

奈々の急用というのは、どんなことか分からないが、こんなことは今までに何回かあり、会社を休んだりしたことがあったので、恐らく男性客からの誘いがあって、そちらの方を優先したのではないかと思ったものだ。

私と由香は沖縄に着いたが、私の知り合いや知人に対して「私はＳＭ女優です」などと間違っても言ってはならない。もしも職業を訊かれたら「新劇女優です」と言うように釘をさしておいたのだ。ところが仕事が終わって夜、食事に誘われて料理屋に赴き、酒の酔いが回るにつれ、由香の様子がおかしくなってきたのだ。最近、テレビにもよく出てくるあの「壇蜜」のように、「わたし、今日はパンティー履いてないの」と言うのだ。私は驚いて「何を言うんだ、冗談はよせ！」と言ったら、途端にスカートをめくり上げ「ほら見て！」とやってしまったのである。冗談ではなく、本当にノーパンだったのである。しかも、しっかり剃毛しておりパイパン状態だったのである。

私の連れが間違ってもこんな下品な真似をするとは思っていなかったので、同席の人たちは思わず「オー、本当だ！　凄い！」を連発するのだった。私は恥ずかしさのあまり、その場から逃げ出したいほどだった。

たまたま私たちは個室であったので、他の客の目には触れなかったものの、私の面子は丸つぶれであった。ところが、それだけではすまず、今度は「沖縄は暑いネ！」と言って着ていた洋服を脱ぎ出したのだ。同席者は「本当に暑いですね。もし宜しかったら全部脱いでもいいですよ」と待ってましたとばかり、異口同音に言ったので、すっかり酔っぱらった由香は調子にのって全部脱いでしまったのである。同席者の中には女性が２人もいたので、私はその２人に向かって「すみません。こんなことになるとは、私も知らなかったので」と言ったところ、「いいじゃないですか。たまにはこういうのも」と言うのであった。

私は現地の友人に「今日はこれから大事な話し合いがあるので、こちらから声をかけるまでは部屋に来ないように」と店の方にお願いしてほしいと頼んだのです。私が一番困ったことは、この由香が私とどういう関係にあるのか？と皆さんが思うことであった。

全くの他人なら私も拍手して悦んでいた１人だったかもしれないが、私の立場も面子も丸つぶれで、一刻も早くその場から逃げ出したい思いだった。

由香はもともとセックスそのものより、自分の裸を見られたり、排便するところを見られたり、SMショーで麻縄で縛られたり、吊るされたり、叩かれたりするところを1人でも多くの観衆に見られていると興奮し、快感が得られると言っていたことを思い出したのだ。

それにしても、よりによって沖縄くんだりまで来て、この醜態には呆れるほかない。由香はただ裸になって酒を呑み、酔っぱらっているに過ぎず、何かをするわけではないが、もし何か変わったことでもさせようとしたら、恐らく悦んでするかもしれないと思ったので、誰かに妙なことをそそのかされる前に、「お開きにしよう」と申し出たのである。そして、由香をタクシーに乗せ、ホテルに戻ったのである。ホテルに戻った由香は、また素っ裸になり、そのまま眠りについてしまったのだ。

第3部

●第三章●

社会復帰とSM後遺症の美魔女

奈々は3日だけ不定期に出勤し、2日は欠勤しつつも特殊検査技術は徐々に上達していった。それでもまだあと4カ月位はトレーニングしないと収入が得られるような、正規のオペレーターになることは無理である。それでも将来のためにと思ったのか、私に言われて仕方ないと思いつつ練習しているのか、真意は分からない。

でも私から見たら彼女の日常生活の中で第1の目的はダンスの教習所に通うことであり、第2の目的は特殊な検査技術の修得であった。

ある日は昼過ぎに出勤し、またある日は4時頃に早退したりで勤務状況は相変わらず極めて不安定であった。どうして他にすることもないはずなのに他の社員のように定時に出勤できず、時には不明確な理由で休んだり、よく訳のわからない理由で早退してしまうのか、彼女の日常生活における不審感は募るばかりであった。それでも私とは必ず週に1~2回のデートはしていたので、我慢をしていたのだ。

奈々の特殊検査技術もだいぶ上達し、あと3カ月もすれば給与が出せるほどになるだろうと思った。6月のある日、私は彼女を連れて京都に旅をした。京都には私が行きつけの美味しい京料理の小料理屋で食事をし、その後、祇園でも大変有名なナイトクラブに行ったのだった。ここのママは以前から私とは特別の関係にあり、このクラブを開店する時も、私なりの援助をして上げた。まだ

35歳のママで、典型的な和服の似合う京美人でもある。今日は彼女の誕生日なので、それに合わせて来たのだが、実は一緒に連れて来た奈々も偶然に同じ誕生日だったので、２人を会わせつつ、同時に祝ってやることにしたのです。本来なら私が一人で来る時は、ママが３時頃にホテルの私の部屋に来て、３時間ほど過ごしてから、彼女は美容院に行くのが通常のパターンでもあるのだが、今日は奈々を連れて来ているので、クラブの方で落ち合う約束をしたわけである。

奈々もママもお互いに私との関係を知った上での誕生日祝いなので、私は少々複雑な気持ちだったのだが、初対面の２人は実に明るく楽しそうに振る舞うのが、私には不思議な感覚であった。でも、もともと奈々は毎日何人かの男に抱かれてきた女であり、一方、ママは適度に上客の数人とは関係をもっていることは知っていたので、取り立てて気遣うこともなく楽しいパーティーとなったのである。

このクラブは美人揃いのホステスばかりだが、ママがとびきりの美人のために他のホステスの存在が影薄くなるのが難点でもあるようだ。宴たけなわとなり、予め用意されていたバースデーケーキが出て来たら、ママが突然、奈々に誕生日プレゼントを渡したので、これには本人はもちろん、私もびっくりしたのだ。

奈々はママには何も用意してなかったので、少しバツの悪そうな顔をしていたが、ママの気遣いには頭の下がる思いだった。それにしてもママも奈々も、私との深い関係があることを知りながら、こうしてお互いに平然と顔を合わせ、嫉妬することもなく愉しい時間を過ごすことができたのは何か不思議な気持ちになるものだ。でもよく考えてみると、これは私が2人の女性に愛されているのではなく、私の存在が彼女たちにとって何かにつけ都合が良いから上手に付き合ってくれているに過ぎないのだろう。あのスカトロジストの由香にしても、私とデートするごとに5万円の小遣いがもらえて、自分も楽しめたり、いつも美味しい食事にありつけるので、それで付き合っているのだろう。

そんなふうに思ってしまうと一抹の淋しさを感じてしまう。

京都旅行から帰って間もなく、私は由香からメールを受け取った。○月○日、新宿は歌舞伎町の小劇場でSMショーがあり、自分が出演するので奈々と2人で是非観に来てほしいというものだった。由香はSMプレイやスカトロは好きであるが、多くの人に観られないと快感が得られないし興奮も湧かないと言っていたので、実際の生のショーを観ることで納得できるかもしれないと思い、私と奈々は昼夜2回の観覧券を購入して観に行ったのだ。

会場の中は椅子席が約50席ほどしかなく、他は全て立見席である。地下にあるこの劇場の中はすでに超満員であった。ただし、女性客は奈々の他には1人もいないのが少し気になった。奈々はもともとSMのプロなのだから、こんな所に1人で来ても決して恥ずかしいことは無いのだろうが、さすがに私は恥ずかしくて、隅の方の立見席で帽子をま深にかぶり、マスクをし薄い色のサングラスをかけて観ることにした。

最初は半裸のセクシーな女性が軽く踊りながら歌を唄った。次にいくつかのショーが繰り広げられたが、変わったところでは「浴尿ショー」と言って裸身に白い透明のドレスをまとった美しい2人の女性が「張り出し舞台＝通称＝デベソ」から中央の回転ステージに座り、この女性の全身におしっこをかけたい男性客が、この舞台にかけ上がって尿をかけるのが「浴尿ショー」である。司会者が「彼女におしっこをかけたい方は舞台に上がってください」というと、またたく間に14、5人の男が「張り出し舞台」に駆け上がった。

そして一人ずつズボンからオチンチンを引っ張り出し、順番にオシッコを彼女に浴びせるのだ。若い男、中年の男、老人など様々である。「浴尿」をしている彼女たちは明るく楽しそうに、男から放出されているオシッコに手を差し伸べ、体中に浴びるのである。

こんな大勢の観客の前で、よくもオチンチンを引っ張り出して放尿できるものだ――感心するというより呆れるしかないのである。

これは明らかに「公然猥褻物陳列罪」である。

「浴尿ショー」の最後は、ＳＭ嬢がこのビショ濡れになったドレスを脱ぎ、全裸になって見せるだけのこと。このショーを予め知っていた回転舞台の周囲の客は、飛び散る尿から身を護るために頭から雨ガッパをかぶっていたのだ。

その次はいよいよ由香の登場である。S系の女王様と2人で、せり出している真ん中の回転舞台で全裸になっている由香の体を女王様が麻縄で縛り上げ、吊るし、鞭で打つなどして、最後にローソクの火を全身に浴びせて終わるショーである。特に驚くほどのものではないが、見方によってはかなり芸術的で綺麗に見える。似たりよったりのSMショーの1部が終わり、2部のスカトロショーが始まった。これは余りにも衝撃的で、書くのもはばかられるほどである。

まず、男性客の中でSM嬢のウンコを食べたい人が14、5人、全裸になって、せり出している舞台の上に仰向けになって寝るのである。そこに十数人ほどのSM嬢が下半身裸で登場し、舞台上に寝ている男性客の口や顔をめがけて生のウンコをするというショーである。もちろん、ウンコだけではなく、おしっこも一緒に顔にかけるという、常識的には考えられない異常なショーである。

私はあまりの衝撃と悪臭に怯えて、立見席からドアの外まで逃げ出してしまったのである。SM嬢は浣腸をしてきたのかどうかは分からないが、このタイミングに合わせて、全員がウンコをタレるというのが不思議に思えたのである。SM嬢たちは寝ている男性客の顔から約10センチほどの高さから、口と顔をめがけて、ウンコをたれ、オシッコをかけ回るのである。

SM嬢たちは1人の客にウンコをかけるのではなく、少しずつ別々の客にウンコとオシッコをかけて移動するので、客の方は様々な女の、味の異なったウンコが味わえるというショーである。このショーは変態もいいとこで突き出している舞台の周りの男性客は、これも頭からカッパをかぶって観て楽しんでいるのである。これは明らかにＭ系男性客のためのショーであり、観に来ている客のほとんどがスカトロジスト系の連中であることに気づいたのである。だからアナルから絞り出されるウンコを実に美味しそうに食べ、呑みこんでいる。それを見て私は吐き気をもよおしてしまったほどである。彼らは体中に飛び散っている尿や便を席に戻ってタオルで拭いただけで、その上に洋服を着て次のショーを観ているのだ。この信じられない光景――ＳＭ嬢と男のＭ客のオーディアンスパティセペーションは明らかに公然猥褻物陳列罪である。こんなショーをやっていて、よくも捕まらないものだと不思議に思ったものだ。

私はとんでもない場違いな所に来てしまったものだと後悔した。それに対して一緒に観ている奈々は結構楽しそうに観ているのが不思議だった。しかも観客の中でただ1人、紅一点だというのに平然としているのだ。やっぱりプロのＳＭ嬢として5年間もやってきていたので、もしかしたら、その間に、彼女もこんなことをＭ客に対してやってきたのではないかと思うと何となく気持ちが悪くなる。

ショーも終わりに近づいた頃、下半身を露出し、上半身だけ薄い透明の布を羽おっただけの女が登場したのである。然も彼女は全身に金粉を塗っての登場である。何が始まるのかと思ったら「マン筆ショー」だという。

これは筆をバギナに喰わえ、筆に墨をつけて客の似顔を描くというものだ。似顔絵を描いてほしいという男性客が3名ほど舞台に上って順番に彼らの似顔を描くショーである。僅かな時間に客の顔の特徴を頭に入れ、アッという間に似顔を描きあげるのだ。そのでき具合は実に素晴らしい。仮に絵心があって手で描くにしても、これほど上手に描ける人は滅多にいないだろうと思ったほどである。三者三様に、そのでき映えは実に見事なものであった。

これは正に芸術そのものであると感心するしかなかった。これだけのマン筆画が描けるのは日本はもちろん、世界でも彼女だけだ——と言っていたが、私も本当にそう思ったほどである。モデルになった男性客は3人とも、その似顔絵をもらって大事そうに抱えて席に戻ったのである。私はこのショーを最後に劇場を後にしたのである。


それから1週間ほどして、由香から電話が入ったのだ。次の土曜日に中野のマンションの個室で10人位の客を集めて、SMの「秘密ショー」をやるので、私と奈々の2人に是非観に来てほしいというのだった。その「秘密ショー」の主役は由香自身だというので、お付き合いで行ってみることにしたのだ。やはりこの日も女性客は奈々一人で、あとは全て男性ばかりである。ビールに酒、おつまみなどが出て、狭い部屋は少しばかり和んだ雰囲気になった。隣の部屋でショーが始まるというので、私たちはそちらに移動したのだが、ここも狭い６畳間ぐらいの部屋であった。そこには先日のショーで女王様として出演していた女と由香の２人だけである。

女王様は38歳から40歳位に見える。由香が25歳だから母子（おやこ）にも見える。

２人とも素っ裸で出て来て、まず由香が知り合いの客に向かって「浣腸をして」と言って洗面器に入っている水と浣腸器を渡したのだ。「何だ！　またスカトロか！」と失望の念を抱きながらも観ているしかない。２００／ｃｃの浣腸器を使って、３回ほど由香のアナルに水を注入、しばらくして別の洗面器に由香がウンコを排泄し始めたのだ。しかし、いつもと違って今日は沢山出ないようだ。

由香は排泄した自分のウンコを美味しそうに食べ始めたのである。そして残りのウンコを常連客の口に押し込んだのだ。「何をするんだ！」と思ったが、その客は由香のウンコを美味しそうに食べはじめたのである。それを見て２メートル位しか離れていない位置にいる私は気持ち悪くなり、扉の外に出てしまった。すると今度は女王様が出て来て「由香の今回のウンチは少ないようだから、私のウンチも食べなさい」と言って、またも我々の目の前で女王様がウンチをしたのだ。

由香はそのウンチを手に取り口に運んで食べている。そして一部のウンチをほかの客の口にまで運んでいる。私はもう限界だ、として奈々に帰るように促したのだ。由香は私に「エッ？　もう帰っちゃうの？」と訊いたのだが、私は他に用事があるからと言い訳をして逃げ帰ったのである。私たちが帰った後は、女王様と由香と客との間でアナルセックスをすることになっていたようだ。

私はもうどうでもいい、二度と由香には会いたくないと思って逃げて来たのである。でも奈々はもう少し最後まで見ていたかったようだが、私には耐えられないことであった。

奈々のオペレーターとしての特殊な検査技術もその後、かなり上達して、あと2カ月もすれば本格的に使えるようになるだろうと思えるようになった。

そんなある日、私は奈々と2人で長野県の上山田温泉に行ったのである。そこで腰を抜かすほどの事実を教えられたのである。奈々には20歳になる女の子と17歳の男の子がいることは知っていたが「実は上の女の子は今別居中の旦那の子ではなく、旦那と結婚する前に妊娠してしまった行きずりの男の子どもなの」と告白されてしまったのである。何というふしだらな女なんだ。なぜまた今更、そんなことを私に告白するのか理解に苦しむ。しかも、旦那はそんなこととは知らず、彼女は自分の娘であると今でも信じているというのだ。私は開いた口が塞がらなくなってしまった。

そう言われてみれば、確かに長女と長男の顔は余りにも似ていない。ただ、娘は母親の奈々より背が低く、息子は逆に背が高い。幸いなことに、血液型だけは娘も息子も同じなので、DNAの特殊な検査をしない限り疑われることはないだろう。それに性格的にはどちらも大人しいので、奈々が自分から告白しない限りバレることはないだろう。それにしても娘の本当の父親がどこの誰で何をしていたのか、そして今だにその男の行方もわからないという。「少子化の今日、私はこの娘を堕ろすこともせず、産んだだけでも社会に貢献している」と奈々は嘘ぶいていたのだ。

また、13年も別居中の旦那は１人で都営アパートに住んでおり、年に１回か２回、子どもたちと顔を合わせる程度で、家族全員で食事などをすることもないらしい。

それなのに旦那の母親が亡くなった時などは、きちんと葬儀などにも出席しているという。親戚の者たちも夫婦が13年間も別居しているのに、どうして何も言わないのか不思議である。まして離婚の話など全くないらしい。そして子どもたちは特に自分の方から父親に会いたいなども言わないらしい。旦那は13年間、毎月10万円だけマンションの賃料として振り込んでくれているという。

そんな中で３人の毎月の生活費や学費を賄うのは容易なことではない。だから５年間もの間、ＳＭ売春婦として毎日多くの男たちに体をいたぶられ、セックスに明け暮れながらも、それなりに満足していたようだ。しかも高校生の息子の学校のＰＴＡの役員までやっているというから呆れるしかない。もしも、母親の職業が周囲の者にバレたら、どういうことになるだろうか。

私がそのことを詰問すると平然と「それは大丈夫でしょう」と言うのだ。仮に、ＰＴＡの役員の中に奈々が相手をしたＳＭ客がいるかもしれないし、中学や高校、大学生時代の友人や同級生がＳＭ客としてバッティングする可能性だってあるはずである。このノー天気な女の神経には驚き呆れるのみである。

今はたまたま私の関連会社で働いているものの、私の会社に出入りしている客が奈々のかつてのSM客かもしれない可能性すらある。もしも、そんなことがあったら私の立場すらおかしくなってしまう。私は彼女を社員として迎え入れたことを少し後悔し始めたのだ。

最近では奈々の特殊な検査技術もかなり上達して、そろそろ本格的に使えるようになってきただけに、余計に心配になってきたのだ。

ある日、奈々はいつもより早く出勤し、いくつかの検査を無事にこなしたのだが、夕方は5時半に用事があるので帰りますと言うのだ。今日はいつもより服装も明るく、お洒落な感じがして、何となくいつもより綺麗に見える。夜、ダンスに通うなら定刻の6時まで働いてから出掛けるのが通常のパターンである。私はどんな用事があるのかなどと野暮なことは訊かず彼女を送り出したのだ。帰り際に、お客から頂いたワインを1本分けて上げ、荷物になるようなら明日にでも持って帰るように言ったのだが、彼女は「今日、持って帰ります」と言うのだ。

彼女が帰って間もなく「今日は一日中とっても充実した日だった。お陰様で私の検査技術も上達したので感謝してます」というお礼のメールが来た。引き続いて20分後ぐらいに再度メールがあり「あなたのことが、とっても好きです。愛してます。明日もまたよろしくね」というものだった。私は間もなく帰宅してから12時までに3度ほど奈々にメールを送ったが、ついにこの日に返信はその後一度もなかった。翌朝「今日はあなたとデートする日ですね。とっても楽しみにしています。でも昨晩、ドジなことで右手が動かなくなってしまったの」一体、何が起きてしまったのだろうか？

翌朝、いつもより遅く出勤した奈々に「動かなくなった右手を見せてごらん」と言ったところ「腕が上に上がらないの！　お箸もペンも持てないの」というので「どうしたの？」と訊いてみたところ曖昧な答えしか返ってこない。そこで私は特殊なマッサージ器で治療してあげようと言って特別室に彼女を連れて行ったのだ。右手が動かなければ特殊な検査器を操作することなどできないので私は何とかしなければならないと思ったのだ。

特殊なマッサージ器で治療するためには裸になってもらい、バスタオルをかけて治療しなければならない。裸になった彼女の体を見て私は卒倒しそうになるくらい驚いてしまったのである。左手の関節、胸の乳房の下、腰が赤くなっており、擦り切れたようになっていたのだ。そればかりか、お尻は赤黒くスパンキングされたらしく腫れている。その上、陰部まで擦り切れているではないか――。

これは明らかにＳＭプレイの後遺症そのものである。私は思わず「誰にやられたの？」と言ったところ、「別居中の旦那にやられた」と嘘をついたのだ。旦那にはＳＭの趣味がないことを知っていたし、それに何年間も別居していてセックスもせず、普段会うこともないのに、昨日に限って突然こんなことになるはずはないと問い詰めたところ、彼女はついに本当のことを白状したのである。

以前から話には聞いていたが、奈々はSMの現役時代に福岡市にある共産党支部の幹部でSという70歳代の男と時々麻布のSMホテルで関係していたという。その男と昨晩、そこでSMプレイをして怪我をさせられたのだというのだった。

私は怒りを通り越して呆れてしまったのだ。この共産党の男は2、3カ月に1度は上京して共産党の東京本部に顔を出すらしい。その時は必ず前日に上京して奈々を麻布に呼び出しSMプレイを楽しんでいたらしい。SMの店を7ヶ月以上も前に辞めたというのに、奈々はこの男とはその後も時々会ってはSMプレイに興じていたようだ。

5時半に会社を出て30分後位には麻布のホテルに着いていたのだろう。その30分位の間にタクシーの中から私宛に2度ほどもっともらしいメールを送ってきたのだ。

それにしてもこれだけ全身に大胆な怪我をさせるということは、想像以上に乱暴なプレイをしたことになる。これは全身を麻縄で縛られ、さらに股縄もかけられ宙に吊るされて、思いっきり叩かれたことになる。私が厳しく詰問したところ、なぜか素直にそれを認めたのである。「共産党員とは何時間、一緒にいたのか？」と尋ねたところ、5時間もの長い間プレイをし、その後、男と一緒に六本木の寿司屋に行って、12時過ぎに帰宅したという。「それでいくらもらったの？」と訊いたところ何と20万円もらったという。奈々はもともとSMプレイは嫌いではないが、共産党の男は大金をくれるからつい歓んで行ったのだろう。

２カ月ほど前にデートしたときも、乳房の下に縛られた後の傷が残っていたことがあったので「これ誰にやられたの？」と聞いたら、「ブラジャーをきつく締めた跡でしょ」と他人ごとのようにいう。こんな傷が残るほどブラジャーを締めつける訳はないと思ったが、その時は、他に傷はなかったので私はそれ以上問い詰めなかったが、やはり、ＳＭを辞めてからも時々、以前の何人かの客と会っては関係をもっていたらしい。

ＳＭの店を辞めてから、私は何度も携帯電話の番号を変えるように説得したが、聞き入れない理由がここにあったのだ。

それにしても共産党員も金持ちになったもんだ。一晩、僅か数時間のプレイで20万円もの金が払えるとは驚きである。私は奈々が素っ裸にされて麻縄で縛られ、全身を思う存分にいたぶられ、もて遊ばれている姿を想像して胸の中が気持ち悪くなってきた。しかも天井に吊るされている時にローソクプレイまでやられ、鞭打たれているのである。そして大怪我までさせられた後、一緒に食事にも行っているのである。

私は呆れて暫く黙っていたら彼女は「私の知り合いのＳＭ嬢は客とＳＭプレイをして首と顎から血を流したままで、お客と一緒に寿司屋に行ったわよ。そしたら店の店員から、お客さん、血が出ているけど、大丈夫ですか?っと言われた」という。それに比べたら自分はまだいい方だと、言いたかったのではないだろうか。

これだけの怪我をさせられたということは「業務上過失傷害」になるのではないか。共産党の男はそれが分かっていたので怪我の治療費も含めて20万円も払ったのだろう。それにしても、共産党員も優雅なものになったものだ、と感心するしかない。いずれにしてもこれで奈々は当分、特殊検査をやることができなくなってしまったのである。折角、ここまで上達して1カ月に30数万円が稼げるようになったというのに。矢張りこの女はもう駄目かもしれない。私の心は彼女から少しずつ離れ始めていた。

第3部

第四章

再び地獄に堕ちたSM美魔女

特殊な検査器のオペレーターとして、奈々は本格的に使えるところまで技術的には上達した。このトレーニングを始めてすでに5カ月、漸く社会復帰のスタートラインに就いたのだ。これからは1件やるごとに、約3千円の能率給が得られるようになったのである。

仮に1日に3件やれば９０００円、5件やれば1万５０００円の収入になる。1カ月に20日間、毎日定刻に出勤し、1日に5件ほど処理すれば1カ月に30万円、1日に7件やれば40万円の収入になる。それに私からの手当てを加えれば1カ月60万円の収入である。別居中の旦那から10万円の家賃が振りこまれてくるので1カ月の生活費は20万〜35万円もあれば十分である。その他に私からは身の回りの物や衣服、装飾品などを買ってもらえるので、毎月、30万から35万円ほどの貯金すらできるほどである。

私の系列会社においては役員を除き、一般社員の中では最も収入が多く安定した生活ができるようになることだけは間違いない。

そんなある日、奈々は突然「**私は今までベリーダンスやジャズダンスを趣味と健康のために何年もやってきたが、今度、新たに創作ダンスを考えているの。そのために麻縄を使って芸術的な独自のダンスを創作して演出してみたいの。だから、できれば麻縄を買ってきてくれたら嬉しいんだけど**」と言うのだ。私はこれにには素直には納得できなかった。麻縄といえば、奈々がＳＭ時代から今日に至るも麻縄で縛られるプレイが好きなことを知っていたからである。しかも、よりによってＳＭを想像させるような堅い麻縄を使って新しいダンスを創作するとは、どういう神経なんだろうか？

普通なら新体操などで使っているような柔軟でカラフルなロープなら理解できるが、敢えてトゲトゲしい色気のない麻縄とは――その発想自体が理解できない。私は暫く考え込んでいたが「分かった、明日買って来てあげよう」と言ったのだ。

私は新宿の東急ハンズに行き、荷造りや梱包用の品々を売っている所で、10メートルの麻縄を3本購入して奈々に渡したのだ。

ところが、奈々は「これでは太すぎて駄目よ」と言う。「でも折角買ってもらったので一応持って帰ります」と言うのだった。それから数日後、私は奈々が悦ぶＳＭ用の麻縄と同じ物を買ってきて渡したところ、「これなら丁度いいわ」と言って悦んでくれたのだ。

私は首を捻った……これはダンスの創作用ではなく、自分の大好きなＳＭ用に、かつての客との間で使うためではないかと思ったのだ。ＳＭ時代に使っていた麻縄は店を辞める時に全て店に置いてきて処理してもらった、と言っていたからである。今更、ＳＭ専門店に行って買うのは抵抗があるので、私に買わせたに違いないと思ったのである。それでも私は何も言わず、暫く様子をみることにしたのだ。

それから1カ月ほどしたが、あの麻縄で新しい創作ダンスができたという話はなかった。やっぱり私が思った通り、かつてのＳＭ客のために購入させられたのに違いないと確信したのだ。そんなある日、彼女とホテルでデートした時、乳房の一部が赤く擦り切れていたのを見つけたのである。この傷は間違いなく客の誰かと麻縄プレイをした後の後遺症であると思ったのだ。奈々は相変わらずかつての客と関係をもっていたのだ。しかし現場を目撃したわけではないので、責めるわけにもいかなかったのだが、彼女に対する私の不信感は募る一方であった。3日前にデートした時、この傷はなかったはずである。と言うことは、その後の2日間の間に？　昼は11時半に出勤し、6時に退社して夜はダンスの教習所に通っているという話だったが、恐らく2日間のどちらかの夜に客とホテルで関係したのではないかと思う。しかも、その胸の傷は、私が買い与えた麻縄によるものだと確信したのだ。

奈々はSMの仕事を辞めてからの5カ月間位は、ほとんど毎日、午前10時からダンスに行き、午後は2時頃から別の教習所でダンス、そして、夜は6時半頃からまたダンスに行くのだと言っていたが、いくら何でもプロのダンサーでもあるまいし、金にもならないダンスを一日中やる必要があるのか疑問に思っていた。

私がそのことを詰問すると、ある日は、昼の12時からマニキュアサロンに行ったとか、今日は整体師の先生の所で治療してもらったとか、今日はガンの母親に付き添って病院に行ったとか、もっともらしいことを言う。

私の会社に勤務するようになっても時々休む日がある。ある日、母親が定期健診で13時に予約が入っているのでこの日は一緒についていくというので、私は黙って頷いていたのだが、この日は私が夕方の6時半頃まで3回もメールしたのに、全く返信がなかった。予約制なら、6時間も待たされる筈はないし、仮に待たされているとしたら、時間をもて余し退屈しているのでメールを見たりするのが自然である。病院の中では携帯もマナーにするか、オフにしておくのが通常である。私は6時間の間に3回もメールしているのに、どうして返信してくれないのか？　そのことを詰問したところ、予約制で行ったはずなのに病院が混んでいたとか、終わってから母親を家まで送って行ったなどと嘘をつくのだ。。母親はガンとは言え、最近はいつも元気でいることを知っているし、家まで送ることなど一度もないことも知っていたのだ。母親が病院に行ったか否かは分からないが、一緒に行ったことは嘘だろうと確信したのだ。

奈々はＳＭ時代に午前の1時から店に出て客待ちをしており、客の要望があれば何時でも、どこへでも指定されたホテルに行くことを知っていたからである。恐らく、今日も客の誰かとデートしたことは間違いないと思ったのである。客とデートしている間は決して携帯電話などに、出ないことぐらい十分に承知していたからである。お母さんの容態はどうか？　診察の結果はどうだったの？と心配してメールを送っているのに返信がないのは、返信できる状況になかったことの証である。

7月の中旬に奈々は「今日はアメリカに行っていた友人が久し振りに帰国するので、会社を休みます」と連絡があった。アメリカの友人と久し振りに会うだけのために、いちいち会社を休んでしかも昼間に会うとはどういう意味だろうか？　それほど親しくしていた友人と会うのに、昼間会うために会社まで休んで一緒にお茶をするとは？本来なら、久し振りに会うのであれば、夜一緒にお酒でも飲みながら食事をし、雑談するというなら解るが。恐らくこれも作り話で、かつてのＳＭ客と会うためだろう、と思ったものだ。その週の土曜日に私とデートをする約束だったのだが、その日は息子の高校のＰＴＡの理事会があるので今日のデートはキャンセルしてほしいと連絡があった。ＰＴＡの理事会が突然あるのもおかしいと思ったが、この日も「そうですか」と言って諦めるしかなかった。どうも最近の奈々はおかしいと思いながらも敢えて詰問はしなかった。

7月の下旬になって、この日も突然「今日は親戚の会社の社長が自分の会社に奈々を就職させるための面接をしてあげるから来なさい、と言われたので行って来ますので休ませてください」とメールが来た。私は「うちの会社を辞めて、その会社に就職する気でもあるの？」と尋ねたところ、「その気はありません」という。それじゃ面接など受けないで、「すでに私は就職しているので折角ですが」と言って断るのが筋である。どうも奈々の言うことはチグハグで言っていることが嘘であるとすぐに分かってしまう。まして奈々の親戚の伯父さんが会社を経営しているなどという話は聞いたこともないし、パソコンすら出来ない彼女が一般の会社に就職するのは無理であることぐらい本人が一番よく知っていることでもある。

8月に入ってお盆の休みが明ける16日、奈々は急きょ親戚の伯母がこの春亡くなり、新盆で沢山来客があるので手伝いに来て欲しいと言われてしまったので、私とのデートをキャンセルしてほしいと言ってきたのである。

奈々の実兄が1月に亡くなったばかりだから、新盆はむしろ自分の方こそ行事として行わなければならないのに、自分の方はさておき、伯母の新盆を手伝わなければならないというのも随分矛盾した話である。これも作り話であると思ったものである。

また、ひょんなことから、自分から告白したのは、青山の高級住宅地に住んでいるお年寄りの所にも、時々通っているという。

「実はそこのご主人は奥様を亡くしてすでに3年ほど1人住まいでおり、自分が現役のＳＭ時代からの客で、最初はホテルで会っていたが1年ほど付き合っているうちに、自宅の方に呼ばれるようになったの」と言う。そして歳は70歳代であるという。すでに下半身は役に立たず、一緒に食事をしたり、お風呂に入ったり、お互いの体に触れ合い、ある程度その老人が満足したら帰ってくるの、というのだ。私は現場を見たわけではないが、実に不愉快な気持ちになってしまった。「それで、いくらもらったの？」と聞いたところ「5万円です」と言う。「ただそれだけのこととは思えないが？」と言ったところ、「私は孤独な高齢者のために、これも一つの社会福祉だと思ってやってあげているの」とうそぶく有り様である。何と白々しい言い訳なんだろう。5万円ももらって福祉だなんてとんでもないことだ。

きっとSM道具が老人宅に置いてあって適当に楽しんできたことは間違いないと思ったのだ。私からは毎月前金で30万円受け取り、さらに何人かの男たちと毎回3万から5万円ほど受けとるというSMバイトセックスを適当にやっていたのだろう。更に私の会社からは平均毎月30万円以上の収入があり、十分稼いでいるのにまだ足りないのか、十分足りてはいるが、毎回違った男性とSMセックスをやる悦びが忘れられず、一種のSM病のようなもので、生涯この女は、この世界から足を洗うことができないのではないかと思ったものである。私はこの女とはもう別れるしかない、会社も辞めさせようと考え始めたのである。そうしないと、将来、何かのきっかけで、彼女が私の会社で働いていることが判り、私の彼女でもあると知られてしまったら、私の立場も社会的信用もなくなってしまうのではないかと思い始めたのだ。

9月に入って私はアメリカへ仕事で2週間ほど出張することになった。2週間もの間、私が日本に不在ともなれば奈々は思いっきり羽を伸ばしてやりたい放題のことができるはずである。ところが帰国して久し振りにデートをした時、私は余りにも衝撃的なものを見せられてしまったのである。彼女の陰部は完全脱毛してパイパン状態であるのは当然知っていたのだが、何とその日に目にしたものは陰部に胡蝶蘭の刺青が施してあったのだ。

「何だ？　これは？」と言ったところ、「これは貴男のためだけに彫った胡蝶蘭の花です」と言うのだ。胡蝶蘭の花言葉は「**あなただけを愛します**」「**私の愛は変わりません**」という意味ですと言うのだ。これは生涯に亘って自分が生きている限り貴男以外の誰にもこの胡蝶蘭を見せたり、触れさせることはないことの誓いです――と言うのだ。

もし本当にそういう気持ちで彫られたものなら私としてもまんざらでもないという気持ちではあったが、過去が過去だけに、まだ何となく腑に落ちないもやもやとした部分が心の隅にあった。それにしても何と大胆なことをしたのだろう。でもじっと見つめると何とも言えない異様な色気が漂って見え、いつもと違った興奮を覚え、いつになく燃えてしまった。そんなことがあってから、私と奈々のギクシャクした関係はなくなったように思えた。

私は奈々と久し振りに麻布のＳＭホテルに出向いた。私が受付で部屋代を払ったりしている時、奈々は左手のショーケース棚に陳列してある大人の玩具やＳＭ用の小道具、セクシーな下着類を真剣に覗いている姿が映った。私は「何を探しているの？」と言うと、「別に……ただ何か変わったものがないかと思って……」と言う。

すぐ側の椅子には女の子を待っている男性客が座っており、そんな奈々をじっと見つめていたのだ。私は恥ずかしさのあまり奈々の手を引いて急いでエレベーターに向かったのである。

最近の女の子には羞恥心なるものが乏しくなっているが、ＳＭ嬢は特に羞恥心などは全くないように見える。私はホテルの部屋に入ったところで奈々に聞いてみた。「あなたは今までにこのホテルを何回ぐらい利用したの?」すると、「100回以上かな?」と軽く言い放すのだ。

当然、受付のおばさんとは顔なじみで、「ああ、今日はこんなご老人と……」また或る日は「2人の男性客と……」またある日は「女性まで……」と思いつつも、客として歓迎していたのだろう。彼女が普通の女性としてではなく、部屋の中で客と何をしているか全てを知っているわけで、しかも何年間も通い続けているわけだから、奈々と一緒にここにやって来た自分の立場を思うと、いたたまれないほどである。受付のおばさんは私のことをどう思っているのだろうか?　まさか間違っても私の会社で働いている社員だとは思っていないはずである。

私はかつて奈々がSMの売春婦でなかったら、たまたまSM趣味のカップルに見えたかもしれないが、プロのSM嬢を辞めてからも、何人かとこのホテルを利用していたことを知っているだけに、複雑な気持ちである。しかも奈々は同じ日に、このホテルにそれぞれ異なった男性と続けて2回、時には連続して3回も出入りしたこともあるという。こういうことを平然と私に話す彼女の神経も異常としか思えない。

そんな話を聞かされると、思わず私はこのSMホテルの中の設備や、置いてある小道具、天井からぶら下がっている滑車のチェーン、麻縄や鞭を想い出し、ここで同じようなことを2時間も3時間も、そしてまた別の客と同じように何時間もされて歓喜している奈々を想像すると、逆に自分が冷めてしまって、何かをしようとする意欲すら薄れてしまった。私は何となく空虚な気持ちのまま黙って風呂に入ったのだ。あとから風呂場に入って来た奈々の裸身を見て、「あっ、そうだ！　彼女の陰部には私のためだけに彫ったというあの胡蝶蘭の花が咲いている」ことを想い出したのだ。湯に浸って洗い場に立った奈々の胡蝶蘭に目をやると、この間見た時の胡蝶蘭より色が一段と鮮やかになっていることに気づいたのだ。

ＳＭプレイなど、やる気を失った私はベッドに移ってから改めて奈々の陰部に目をやった。何と隠微な花だろう！　私はその花の上にそっと手を差しのべたところ彼女は私に思いきり、しがみついてきたので、私も思わず強く抱きしめたのである。そして私は静かに胡蝶蘭の中に分け入ったのだ。

10月に入り暑さも凌ぎやすくなった日の夜、私と奈々は先に料理屋で食事をし、少しばかりウキウキした気分でホテルに入った。今日はどんなことをしたら奈々は悦ぶだろうかと色々と考えていたのだが、湯上りにベッドの上で改めて奈々の下半身に眼をやると、あの胡蝶蘭が少し揺れているように見えたのだ。私はそっと胡蝶蘭に手を差し伸べ、分け入ったのだ。すると局所の右に咲いている胡蝶蘭の花と左側に半ば咲き始めの蕾の胡蝶蘭が向き合った形となって動いているように見えた。私は更に奥に手を差し入れて前後左右に動かしてみた。すると、胡蝶蘭の花と蕾と葉っぱが風に吹かれて揺れているように見える。私は夢中で更に手首を奥深く差し入れてみたのだ。

すると指先に何か堅い金属のような物が触れたのです。気のせいかな??と不審に思いつつ、今度は静かに指先で触れてみたところ、今までになかった感触が伝わってきたのだ。私は思わず奈々に「またIUD（避妊リング）を入れたの?」と訊いたところ、「まさかそんなの、今更入れるわけないでしょ」と言うのだ。「どうして?」と言うので「堅い物が指先に当たるんだよ」と言ったところ、「変ね！　私は何も入れた覚えはないよ」と言うのだ。「もしかしたら、お前最近、誰かとエッチしたのでは?」「それはどういう意味?」と聞くので「SM客の中には、プレイ中に眼隠しをしているSM嬢に内緒でゴルフボールやピンポン玉、ビー玉などを中にそっと入れて、わざと素知らぬふりをして帰ってしまう奴がいると聞いたことがあったので――」と言ったところ、「もしかしたら昨日、私がオナニーをした時に入れた大きいビー玉を出し忘れたのかも」と平然と言うのだ。「エッ?オナニーなんかするの?　まさか！」と言ったのだ。

自宅の部屋でオナニー?　そんなことあるわけがない。彼女のマンションは4畳半と8畳の部屋しかなく、そこに娘と息子と3人で住んでいるのに、そんなことできるはずもないし、まして、45歳にもなって私とは定期的に週2回は関係しているのに、オナニーをするとは考えられない。これは昨夜、誰か男の客にいたずらされたものに違いないと確信したのだ。

そこで私は「何はともあれ、1日も早く婦人科に行って診てもらい、もし何かが入っていれば取り出してもらいなさい」と言ったのだ。ところが昨夜、奈々は自宅に帰ってから中に入っているものを自分で取り出そうとして膣の中に指を入れ、かなり無理をして引っ掻き回したところ、出血してしまったので、これから病院へ行って診てもらってくる、と言うので、私は是非そうしなさい、と言って上げたのだ。そして、その日の夕方、私に連絡があり「医者に診てもらったところ、中には何も入っていない」と言われた、との報告があったのだ。

私はその場に立ち会ったわけではないので真偽のほどは分からないが、もしも何も身に覚えがなければ、血が出るほど引っ掻き回す必要もなかったし、医者なんかに行く必要もなかったはずである。自分でオナニーをしたのか、客にやられたのか真偽のほどは分からないが、いずれにしても何かが入っていたことだけは確かである。それから数日後、私は奈々とホテルに行って再度チェックしたところ、以前あったと思われる堅い物は手に触れなかったので、間違いなく医者に取り出してもらったものと確信したのである。

それから１週間後、私は例によって奈々とホテルに行き、存分に楽しんだ後、行きつけの料理屋に行ったのだ。時間も10時を過ぎ、そろそろ帰ろうかと思っていた頃、奈々の携帯にメールが入り、彼女はそれを見るや否や慌しく返信メールを送り始めたのだ。こんな遅い時間に誰からだろうと思っていたのだが、私と一緒に座っているカウンターで、私に背を向けながら何やらメールを送っているのだ。

「誰からのメール?」と聞くと「いや別に――」というだけで答えになっていない。何となく割り切れない気分で別れ、自宅に帰ると私の携帯に奈々からのメールが入っていたのだ。「今日もありがとう。とっても楽しかったし、料理も美味しかったです。愛してます。おやすみなさい」とあったのだが、私は何か嫌な予感がしていたのだ。

翌朝、奈々から「今日はPTAの理事会があるので会社を休みます」とあったのだ。私は昨夜嫌な予感がしたのが的中したと思った。PTAの理事会など1週間以上も前から分かっていることだから、今日休むなら当然のことながら休む旨を昨夜のうちに言うのが常識である。それにしても、理事会などが本当にあったとしても、普通は土曜日とか、平日なら5時過ぎにあるはずなのに平日の昼間に何時間もあるはずはなく、仮にあっても1時間もあればすむことである。しかもほとんどのPTAが平日は仕事を持っているはずなのに、会社を休んでまでもPTAの会議に出ることなどおかしい。仮にそれが事実だとしても、PTAの理事会に出る前に一旦は出勤し、会合が済んだら会社もすぐ近くなのだから、再び会社に顔を出すのが自然である。また仮に緊急の理事会が開かれたとしても、平日の昼の時間帯に何時間もやるはずはないのである。

彼女は私にまたも嘘をついていることを確信したのだ。そこで私は午後の1時から夕方の6時までの間に、1時間毎に私宛にメールを送りなさい、と申し付けたのだ。もし男性客とデートをしていたなら、3時間位はメールが出来ないはずだからである。案の定、奈々からは午後の1時半頃に

1回メールがあったきり、遂に6時まで返信メールはなかったのだ。

この理事会は1週間以上も前から決まっていたと後で言い訳をしていた。つまり、緊急理事会ではなかったのだ。緊急理事会どころか、もともと理事会というのは嘘である。昨夜のメールは男からのものであり、急きょ、今日のデートを約束したのだ。彼女は男からの誘いがあると断れない性格であるのを知っていたので、別に驚くというほどのものではなく「やっぱり、そうだったのか！」と思うだけである。胡蝶蘭の刺青を味わった客は、その味が忘れられず、短期間で再々度デートを申し込んで来ていたのだろう。

それから数日後、奈々は今日も急用ができてしまって会社を休みたいと言ってきた。私は午後の1時頃から夕方の6時頃までの間に3回ほどメールを送ったが、その間に予想した通り返信はなかった。帰宅して9時頃になった時、漸く返信が届いた。「今日は忙しくてバタバタしており、返信できなくてご免なさい」というものであった。

私の不信感は頂点に達してしまい「分かりました。あなたも何かと忙しくて大変ですね。でも私はこれからは二度とメールなどしませんから安心してください。さようなら！」と送信したのだ。そして、明日からは出勤しないように告げ、またロッカーのあなたの荷物は明日中に自宅宛に送り返す旨のメールを送ったのだ。しかし、翌朝、彼女は普通に出勤してきたのだ。

そして制服に着替えて働こうとしたのだが、私は別室に呼んで正式に強制退職を勧告した。奈々は泣きながら無実を訴え続けていたのだが私は一切受け付けず、追い帰したのだ。

奈々はすでに45歳。本来なら家庭の主婦として、また母親として、さらに私の関連会社のＯＬとして幸せにやれる条件が十分に揃っていたのだが、過去5年間のＳＭ生活と売春が中毒のようになってしまい、常に誰かと関係をもっていないと落ちつかない病的な性癖になってしまっていたようだ。もはや奈々は堕ちる所まで堕ちてしまったのだろう。

何とか更正への道が拓けてきたと思ったのは私の勘違いだったのだ。

あの胡蝶蘭はさらに多くの男たちを悦ばせ、今日もどこかで誰かと戯れているのだろう。いつか、あの胡蝶蘭が枯れ果てるまで。

私は3人目の魔女に、またも振り回されてしまった自分を軽蔑しつつ、二度とこのようなことがあってはならないと反省したのである。

あとがき

一部、二部、三部の３人の女に共通していることはいずれも28歳から40歳であったこと。私と別れてから付き合い始めた相手の男性は年齢的にいずれも私とほぼ同じか、それに近い高齢者であり、かつ既婚者であったこと。また、彼らのいずれもが、経済的に豊かであるかのように装っていたが、見栄を張っていただけで実際は極めて厳しい状況にあったようだ。

さらに３人の女性に共通している点としては、性的に極めて奔放でＳＭ趣向が強く、打算的で貪欲であったこと。そして一部と二部の女性に共通していることは自分の病気を仮病にして、それを盾にして自分の勤務時間を自由にするなど特別優遇措置を条件にしたり、給料以外に私から個人的な特別手当てを手中にしていたことである。しかも、彼女らにとって他の男性との関係が露見して私との破局を迎えるまでは、私からもしっかりと小遣いを受け取り、それを貯金していたことである。

残念ながら、私にとっては特に得るものはなく、私の名誉と信用を思いっきり毀損されただけであった。にもかかわらず、３人の女は在職中にいくつかの背信、もしくは背任行為や横領事件まで起こしていたことだ。「飛ぶ鳥、後を濁さず」というが、この３人はどうしてもっと綺麗に辞めることができなかったのか？　３人とも目先だけを見て、未来を見定め、過去や現在の立場を見つめる余裕がなかったようだ。自分はもっと幸せになれる、働きもせずに金持ちになれると思い、私を利用するだけ利用して、次のステージに進んだのだが、結果は1人は地獄に堕ち、あとの2人は、まだ見えぬ地獄の近辺を往きつ、戻りつしている。

更に、この3人の女に共通していることは、「感謝」を忘れ、自分は美的にも知的にも最高の女であり、自分の考えていること、自分のしていることが常に正しいと信じていたことだ。

つまり、精神医学でいう「自己愛性人格障害」であったようだ。もしも彼女らに「感謝」の気持ちがあったら、こんなことにはならなかったであろう。さらに1人を除き2人に共通していたことは、結婚を考えたとき、自分自身に年齢の近い男性と、多少苦労してでも将来のための幸せを築こうという意識が全くなく、経済力のある高齢の男性だけを求め、棚ボタ式の幸せを得ようとして、結局は共に地に堕ちてしまったことである。

最後の1人は、本能的にSMセックスに溺れて心身ともにボロボロになり、亡くなってしまったことだ。こんな女たちに誠意をもって付き合った私が最も愚かな存在であり、後悔してもしきれない禍根を残してしまったことが悔やまれてならない。これを読まれた紳士諸氏には、私と同じような愚かな道を決して歩んでほしくないと心の底から思わずにはいられない。

文芸出版センターの書籍ご紹介

弊社は、本書以外にも、幅広いラインナップの本を発行・編集しています。おすすめの書籍を、ご紹介しましょう。

女医がすすめる 生涯現役の『快楽』

清水三嘉・著

定価　１２００円+税

人生の生き甲斐は『快楽の追求』にあるという観点から、女医がシニアにとって最適な性生活のありかたを提案。

（内容紹介）

イラスト図解　年配者でも楽な体位集
第１章　人生の生き甲斐は快楽の追求にある
第２章　枯らしてはいけない性のいとなみ
第３章　セックスは心臓を長持ちさせる長寿へのパスポート
第４章　女性からもセックスの時代
第５章　セックスレスの解消法と強化法
第６章　男と女の――あ・ら・か・る・と

ＳＭ嬢の懺悔なき実録
――Ｖ（ヴァギナ）に咲いた胡蝶蘭の花

永井ひろみ（レポーター）・著

定価　１２００円＋税

ＳＭ嬢たちが著者だけにうちあけた、
あまりも日常とかけ離れた世界。
この本だけに明らかになったＳＭの現場と、その快楽に翻弄される男女。

（内容紹介）

第１章　有名女子大卒でプロのＳＭ嬢に
第２章　ＳＭ嬢・マリとの愛人関係
第３章　どっぷりとＳＭにおぼれた 10 年間
第４章　ＳＭ嬢とＳＭ客の生々しい告白
第５章　人生の目的が曖昧なマリ
第６章　堕落の道から立ち直れないマリ
第７章　ヴァギナに咲いた胡蝶蘭の花
第８章　懺悔なきＳＭ嬢の死

文芸出版センターについて

本書を発行した文芸出版センターは、普通なら発行しにくい本や写真集を、広く出版する活動を行っています。初めて世の中に出る本や以前制作した本を、日本全国の書店ルートに配本または登録することで、未知の読者に新しい著者を紹介することを喜びとしています。

「自分の思いを本にしたい」という人のために、自費出版ではなく新しい協力出版（ＣＰ出版）の方式を提唱。同じ原稿でも、クオリティを高く練り上げるのが出版社の役割だと思っています。

出版について、知りたい事、わからない事がありましたら、お気軽にメールをお寄せください。

seisaku@n-e-t.tv　　文芸出版センター　編集部一同

－シニアの性－　実録・
高齢者を色気で喰いものにした３人の美魔女

平成28年 1月10日　第１刷発行

著　者　鎌田　一郎
発行人　安田　京祐
発　行　文芸出版センター 株式会社

〒104-0061 東京都中央区銀座 7-13-6 サガミビル2F
TEL 03-3746-1600　FAX 03-3746-1588
メール：seisaku@n-e-t.tv

発　売　株式会社 星雲社
〒112-0012 東京都文京区大塚3-21-10
TEL 03-3947-1021　FAX 03-3947-1617

編集協力／近藤里実、安田ソルト
本文DTP／具志堅芳子（ぽん工房）
印刷／本郷印刷（株）